Margarita García Robayo

Das Paket

Margarita García Robayo

Das Paket

Roman

Aus dem Spanischen
von Dagmar Ploetz

dtv

Die spanische Originalausgabe erschien 2022
unter dem Titel ›La encomienda‹
bei Editorial Anagrama in Barcelona.

Gesetzt aus der Fairfield light
Satz: Greiner & Reichel, Köln
Druck und Bindung: CPI books GmbH, Leck
Printed in Germany · ISBN 978-3-423-28395-3

Erst war es wie das Eindringen einer Fliege im Winter.
So seltsam. Die Augen folgen der Flugbahn.
Das Ohr will das Summen vernehmen.
Die Fliege setzt sich auf den Tisch
auf die Glühbirne. Verwirrend.

ESTELA FIGUEROA,
Die Fliege

Diese Geschichte
ist ein wenig besonders
aber so ist sie eben.
Es ist unsere Geschichte.
Und wenn ich sie dir erzählt habe
ist es auch deine
für immer.

GERMANO ZULLO und ALBERTINE,
Mein Kleiner

I

Meine Schwester schickt mir gern Pakete. Das ist albern, denn wir leben so weit auseinander, dass die meisten Sachen auf dem Weg Schaden nehmen. Weit ist ein zu kurzes Wort, wenn man es ins Geographische übersetzt: Fünftausenddreihundert Kilometer trennen mich von meiner Familie. Meine Familie, das ist sie. Und meine Mutter, aber zu der habe ich keinerlei Kontakt. Meine Schwester anscheinend auch nicht. Sie erwähnt sie seit Jahren kaum noch, obwohl ich annehme, dass sie sich weiterhin um ihre Angelegenheiten kümmert. Manchmal wüsste ich gern, was aus dem Haus geworden ist, in dem wir als Kinder gelebt haben, aber ich frage nicht nach, weil die Antwort mir Informationen liefern könnte, auf die ich lieber verzichte.

Das Haus lag in einem Fischerdorf abseits der Stadt, ein Sandkeil, der wie ein Fangzahn ins Meer drang. Das Grundstück war groß und das Haus klein, es stand oben auf einem Hang, abfallend zu einem oft wilden Meer, das Rochen ausspuckte und Muränen gegen die Felsbrocken am Ufer warf. Meine nachhaltigste Erinnerung an dieses Haus ist die an einen Abend, an dem meine Mutter weggegangen und sehr lange nicht zurückgekommen war. Ich muss damals fünf Jahre alt gewesen sein und meine Schwester zehn. Eusebio, der Hausmeister, brachte sie im Morgengrauen zurück. Er sagte, sie sei auf der Landstraße unterwegs gewesen. Die Entschuldigung meiner Mutter war, sie sei hinausgegangen, um Luft zu schöpfen, und dabei hätte sie die Zeit vergessen. Solange ich mich erinnern kann, hat meine Mutter Luft gebraucht: Ich sehe sie, wie sie im Haus Fenster und Türen aufreißt und sich mit energischen, unkontrollierten Bewegungen Luft zuwedelt. Ich hatte immer die Vorstellung, dass ihr Körper einen Schwarm Vögel beherbergte, die flügelschlagend nach draußen drängten und dabei ihr Inneres zerkratzten. Und deshalb weinte sie. Und wenn man zu ihr ging, um sie zu trösten, was genau genommen darin bestand, sich mit furchtsamem Blick langsam anzuschleichen, dann entwischte sie wie eine Eidechse und sperrte sich im Bad ein.

Mit meiner Schwester telefoniere ich alle zwei Wochen. Und an den Geburtstagen. Sie ist so feinfühlig, mich anzurufen, wenn ein Orkan in der Karibik wütet – was ich nur selten mitbekomme –, um mir Bescheid zu geben, dass nicht einmal ein Hauch davon sie erreicht hat. Wir führen wohlmeinende, kurze Gespräche. Zum Schluss kündigt sie immer an, dass sie gerade ein Paket für mich zusammenstellt, zählt genau den Inhalt auf und zeigt mir die Zeichnungen, die meine Neffen beilegen werden, darauf immer ich mit enormen Lippen, geblümten Kleidern, goldenen Capes, Kronen und auffälligen Texas-Boots, die ich nie gehabt habe, auch nicht tragen würde. Manchmal sagt sie, diesmal käme »eine kleine Überraschung«, und dann legt sie eins der vielen Fotos aus unserer Kindheit dazu, die sie aus ihren nach Jahren geordneten Alben nimmt. Es betrübt mich, dass weder die Fotos noch die Zeichnungen heil ankommen, weil sie alles in denselben Karton steckt, die Früchte auf der Reise durch die Tüten suppen und das Papier nass wird. Je nach Papiersorte halten sich einige Fotos besser und lösen sich nicht ganz auf, dennoch lässt der Saft unsere Gesichter verschwimmen und gibt uns etwas Gespensterhaftes.

Daher erhalte ich gewöhnlich Pakete, die, von außen perfekt verpackt, mit verdorbenen Lebensmitteln vollgestopft sind.

Ich erlaube meiner Schwester, mir Pakete zu schicken, weil diese abzulehnen eine Erklärung erfordert, die sie mir übel nähme und die ihr bestätigen würde, dass mich die Ferne zu einer missmutigen Person gemacht hat. Nach Jahren der Abwesenheit besteht die sicherste Strategie zur Erhaltung der Harmonie in unserer wechselhaften Beziehung darin, so zu tun, als gäbe es zwischen ihr und mir keine größeren Unterschiede. Es geht darum, uns zu neutralisieren. Das setzt auf beiden Seiten eine beachtliche Anstrengung voraus. Ich weiß, wie schwer es ihr fällt vorzutäuschen, mein Leben als Emigrantin sei für sie etwas ganz Normales und nicht eine Extravaganz, *ein Exzess an Exzentrik.* Und ich muss unaufgeregt damit zurechtkommen, dass Vakuumverpackungen für verderbliche Waren nicht der Weisheit letzter Schluss sind.

»Damit kannst du rechnen«, sagt sie jetzt vom Computerbildschirm aus.

Heute stand kein Gespräch an, aber ich habe sie angerufen, ich brauche ihre Hilfe, um ein Dokument für ein Stipendium zu beantragen. »Noch ein Stipendium?«, war ihre erste, eher laue Regung. »Aber in Holland«, erklärte ich: »in der Ersten Welt.« »Ich gratuliere!« Das war die erwartbare Reaktion, die ich jetzt herunterdimmen musste: »Aber ich habe es noch nicht bekommen.« Sie darauf: »Doch du wirst es bekommen.«

Noch habe ich nicht erklärt, was genau sie beantragen muss, schon kommt ihre Antwort, ja sicher, ganz selbstverständlich, sie werde sich sofort darum kümmern. So wie andere Male auch zeigt sie sich entschlossen, mir einen Gefallen zu erweisen, den sie dann später vergisst. Ein Teil ihrer Rolle der großen Schwester besteht darin, mir diese enthusiastische, aber luftige Sicherheit zu vermitteln.

Jedes Mal, wenn wir miteinander reden, verfestigen sich meine Vorstellungen darüber, zu welchen Trugschlüssen Verwandtschaft verleitet. Mit jedem Anruf gewinnt meine Theorie an Umfang, dieweil sie an Klarheit verliert. Mein Kopf – so male ich mir das aus – beherbergt lange Würmer, die gegen die Schädelwände stoßen; die langsam und unmäßig wachsen; die sich einrollen, um immer mehr Platz zu beanspruchen. Ich habe sie über Jahre dort geduldet, mir dabei gewünscht, die Zeit möge über sie hinwegwalzen und sie zerquetschen. Doch die Zeit war nichts anderes als ein Ferment. Eines Tages werden sich die Würmer wie bei der Medusa aus meiner Kopfhaut schlängeln.

»… und ein paar von den Kokoskugeln, die du so gern magst«, sagt meine Schwester und beendet damit eine Aufzählung, der ich nicht aufmerksam gefolgt bin. Es ist das Inventar des letzten Pakets, das sie für mich zusammengestellt hat und das bald ankommen muss. Seit dem vorherigen ist noch kein Monat vergangen, was ungewöhnlich ist, aber ich möchte sie nicht mit der Frage, warum so eilig, unterbrechen, weil das Gespräch sonst zu lang würde.

Meine Theorie besagt, dass allein schon das Wissen um die Verwandtschaftsbande die Menschen davon überzeugt, dass Verwandtschaft ein unerschöpfliches Hilfsmittel ist, das für alles taugt: gegnerische Schicksale zu versöhnen, den Willen zu beugen, Rebellionswünsche zu bekämpfen, Lügen in Erinnerungen zu verwandeln und umgekehrt; oder aber dazu, ein belangloses Gespräch zu führen. Aber Verwandtschaft reicht nicht aus, im Gegenteil. Sie ist ein unsichtbares Band, man muss es sich ständig vergegenwärtigen, um nicht zu vergessen, dass es da ist. Die letzten Male, als ich meine Schwester sah, wiederholte ich im Stillen: »Wir sind Schwestern, wir sind Schwestern«, wie jemand, der sich ein mysteriöses Geschehen nur mit Hilfe des Glaubens erklären kann. Was anderes ist, mit den Verwandten zusammenzuleben – denke ich jedes Mal, wenn ich sie mit ihrer Familie sehe –, sich jeden Tag in den Gesichtern und Gesten anderer Menschen zu entdecken, die mit dir altern und wie Sporen deine genetische Information reproduzieren. Wenn meine Schwester ihren ältesten Sohn ansieht – er gleicht ihr wie ein Ei dem anderen –, kann ich die Genugtuung und Erleichterung in ihren Augen sehen: In deinem Gesicht werde ich auf immer leben. Vielleicht ist das gegenseitige Verstehen auch bei diesen beiden nicht so einfach oder selbstverständlich, aber es kommt viel schneller zu einem Einvernehmen.

Jetzt runzelt meine Schwester die Stirn, und ihr Blick schweift ab, ein Hinweis, dass sie überlegt, wie sie das Schlagloch, in dem das Gespräch hängengeblieben ist, auffüllen soll. Das ist ein Bemühen, das mich mit Schrecken erfüllt. Danach folgt der Schwindel, der Absturz ins banale Schwätzchen. Und darin bin ich nicht gut. Ich bin sogar schlecht darin, nicht weil es mir an Geschick fehlte – mit anderen kann ich stundenlang banale Gespräche führen –, sondern ich meine schlecht im Sinne von boshaft. Bei Banalität kenne ich nur ein Gegengift, die Boshaftigkeit. Ich habe nie gelernt, barmherzig mit meiner Familie zu sein.

Zuweilen fühlt es sich so an, als ob zwei Personen in mir lebten, eine davon (die Gute) hält die andere unter Kontrolle, manchmal aber wird sie müde, ihre Wachsamkeit lässt nach, und dann schleicht sich die andere (die Bösartige) ein, die ganz scharf darauf ist, ihr Gegenüber zu verletzen.

Vor einigen Jahren bin ich für die Passerneuerung ein paar Tage in meine Heimat zurückgekehrt. Meine Schwester hatte mich eingeladen, bei ihr und ihrer Familie zu wohnen. Da sie und ihr Mann arbeiteten und das Kind – damals war es nur eines – im Kindergarten war, blieb ich ziemlich allein in ihrer Wohnung zurück. Sie hatten mir das Kinderzimmer überlassen, ich schlief in einem niedrigen kleinen Bett mit Laken der Power Rangers. Wollte ich mich im Schrankspiegel sehen, musste ich mich bücken. Ich ging dann ins Esszimmer, goss mir einen Tee auf und setzte mich zum Schreiben hin. Manchmal machte ich eine Pause, um herumzuschnüffeln. Es gab nichts Auffallendes, meine Schwester war ein offensichtlicher Mensch. Ihr einziges Geheimnis war ein in ihrem Schrank verstecktes Foto meines Vaters. Ich kannte das Foto. Als ich das Land wechselte, hatte sie gesagt, wenn ich wolle, könne ich es mitnehmen. »Nein, danke, bei dir ist es besser aufgehoben«, sagte ich. Aber warum war das ein Geheimnis? Weil ihr Sohn eine Version der Familiengeschichte kannte, die keinen Großvater mütterlicherseits vorsah. Weder tot noch lebendig noch sonst was. Als ich sie fragte, warum sie das mache –

ihre Genealogie auf so willkürliche Weise aufzustellen –, sagte sie: »Es ist kompliziert.«

In dem Wandschrank hingen auch ihre kompletten Garnituren auf Massivholzbügeln. Sie sollten das Gewicht des jeweiligen Arrangements aushalten, zu dem auch die Schuhe gehörten, die in einem Stoffbeutel mit Henkeln am Haken des Bügels hingen. Ich fragte mich, wann sie sich für eine der Garnituren entschied, ob sie die einzelnen zuweilen mischte oder ob diese unabänderlich waren. Auf ihrem Nachttisch lagen Zeitschriften, bei denen sie einzelne Seiten markiert hatte, die sie wahrscheinlich lesen oder wieder lesen wollte. Meistens ging es um Tipps, wie Vorzüge des Körpers betont und kleine Mängel überspielt werden konnten. Also mehr oder weniger um das, was sie schon seit der Pubertät interessierte. Dies und die Tatsache, dass sie in eben dem Viertel, in dem wir aufgewachsen waren, wohnte, machte ihre Wohnung für mich zur Tür in die Vergangenheit.

Wenn sie heimkamen, begab sich ihr Mann – der sich damit brüstete, ein guter Koch zu sein – in die Küche, und sie badete das Kind. Ich wollte helfen, wusste aber nicht, wie ich mich in eine abgestimmte Familie und ihre Routinen einfügen sollte. Also verlegte ich mich auf Einfaches, deckte den Tisch und erzählte meinem Neffen Geschichten, bis einer von uns beiden zu gähnen begann – meistens ich. Später setzte ich mich zu meiner Schwester, wir tranken einen Kräutertee, und ich hörte zu, wenn sie irritierend detailreich von ihrem Arbeitstag erzählte. Zu dem Zeitpunkt war meine Tante Vicky schon fast ein Jahr tot, aber meine Schwester war immer noch böse, nicht auf den Tod, das Leben oder auf Gott – »der sie so früh geholt hat« –, sondern auf die globale Erwärmung, auf die giftigen Abfälle, auf die Labore, die Viren fabrizierten, die Strahlung der Antennen im öffentlichen Raum und auf alles, was sonst noch unsere Zellen schädigen könnte. Unser gemeinsamer Alltag war eine Fiktion, aber in den ersten Tagen funktionierte er, fühlte sich momentweise sogar angenehm an. Ich machte es mir zur Gewohnheit, Mini-Jet-Schokolädchen zu kaufen, die ich dann an Orten versteckte, von denen ich wusste, dass die Familie sie leicht finden konnte. Jedes Mal gaben sie sich überrascht, wir alle taten so, als wüssten wir nicht, woher sie kamen, und mein Neffe brach in ein nervöses Lachen aus, ein panisches Gegacker, das kaum zu kontrollieren war. Nicht einmal dann verrieten wir uns, wir ließen ihn glauben, ein Heinzelmännchen käme ins Haus und brächte uns Süßigkeiten. Nach etwa zehn Tagen Aufenthalt tauchte jedoch die andere, die Bösartige, auf. Ich gab mich vornehm, sagte Albernheiten, die Nase hoch, wie jemand, der einen feineren Geruchssinn hat: »Wo kommt nur diese ordinäre Angewohnheit her, Käse auf den Fisch zu geben?«, schleuderte ich eines Abends heraus und verdrehte angeekelt die Augen. Mein Neffe begriff genug, um den Teller mit dem in Cheddar ertrunkenen Snook-

Filet, das ihm sein Papa aufgetan hatte, unberührt stehen zu lassen. Ich tarnte meine Grobheiten mit Alkohol, sodass bei einer späteren Betrachtung jemand hätte sagen können: »Die Arme, sie verträgt einfach nichts.« Ein wenig davon stimmte. Je mehr ich trank, desto stärker verlor der Abend an Glanz, und mein Bedürfnis nahm zu, auf die uns einhüllende Trübseligkeit hinzuweisen. Am Abschiedsabend erhöhte ich nochmal den Einsatz: »Sahnige Gerichte sind ein Ausweis von Unfähigkeit«, sagte ich, kaum hatte ich die zweite Dose Bier geöffnet, »ein guter Koch pisst lieber auf sein Gericht, als es in Sahne zu baden.« Worauf meine Schwester zum Mülleimer stürzte und die Biskuitrolle mit Huhn und Bechamelsauce hineinwarf, mit der sie mich hatte überraschen wollen. Als Nächstes hob sie den Telefonhörer und bestellte eine Pizza.

Wusste ich, dass meine Schwester den Nachmittag damit verbracht hatte, Eier zu schlagen, Paprika einzulegen, Knoblauchzehen zu bräunen und weitere spezielle, allein mir gewidmete Tätigkeiten auszuführen? Klar wusste ich das. Wusste ich, dass wahre Vornehmheit eine Mischung aus Bescheidenheit und Feingefühl ist? Das wusste ich nicht. Und die Tatsache, dass meine Schwester nichts erwidert hatte, wies darauf hin, dass sie es wusste. Ihre innere Größe erdrückte mich. Morgens dann, das Taxi vor der Tür, der Koffer in der Hand, die Füße in einen in der Straße wabernden, höchst seltsamen Nebel getaucht, bat ich um Verzeihung. Aber ich sagte es ganz leise, an niemanden gerichtet – die Worte verflüchtigten sich. Ich beugte mich zur Heckscheibe und sah sie, während ich mich entfernte: ein großes kleines Mädchen, das darauf wartete, dass die Eltern sie abholen. Ein Bild der Verlassenheit. Und ich eine Flüchtende. Ich weinte die restliche Taxifahrt über, und ich weinte im Flugzeug, bis eine Stewardess mir einen Whiskey brachte, mit dem ich ein Schlafmittel runterspülte.

Nun höre ich ihr eben still zu und gebe ihr in Gedanken Antworten, die meinen Verdruss anheizen, statt ihn zu besänftigen. Nun höre ich ihr zu und pflichte ihr fügsam bei, während ich das verärgerte Geschöpf in mir, das sich mit den Zähnen die blutigen Nagelhäute abreißt, zu zügeln suche.

Jede halbwegs vernünftige Person würde es verdächtig finden, dass mich weiterhin so unbedeutende Dinge irritieren wie ihr übermäßiges Gestikulieren oder dieses kleine, aber stetige Hüsteln, weswegen sie Sätze unterbricht, um sich mit einer Art Knurren freizuräuspern. Einmal habe ich versucht, das alles meiner Freundin Marah zu erzählen, die nachdenklich wurde und dann meinte:

»Vielleicht bedeutet Erwachsenwerden, eine solche Irritation in Zärtlichkeit umzuwandeln.«

»Aha.«

»Das kennst du doch, wenn man *rührend*« sagt, aber nicht sarkastisch, sondern in einem ergebenen Tonfall.«

»Ja?«

»Ok, das ist ein Zeichen, dass man gewachsen ist.«

Für Marah war ich also nicht gewachsen. Ich litt an emotionalem Zwergwuchs.

»Vielleicht auch nicht«, erwiderte ich. »Vielleicht gründet die Irritation noch auf etwas anderem, das ich aus Trägheit lieber übergehe.«

»Aus Trägheit?«

»Ja, ich bin zu träge, um das auseinanderzufieseln.«

»Warum denn?«

»Weil es zu lange dauert, ewig dauert, und im Allgemeinen nicht viel dabei herauskommt.«

»Und was wäre dann deine Lösung?«, fragte Marah.

»Mich entziehen«. Das klang nicht spontan, vielmehr so, als hätte ich an dieser Antwort herumgekaut wie an meinen Nägeln: »Die Last abwerfen und mich befreien.«

Eben das tu ich jetzt. Ich lass mich durch die Glastür gehen, die auf die Terrasse führt und von diesem Winkel den Blick freigibt auf eine mehrere Häuserblocks entfernte Baustelle, deren karierte, hohle Konstruktion Himmelsstückchen birgt. Aus dieser Entfernung sieht sie wie ein Bild aus. Der Bau steht seit Monaten still. Das Betonskelett ist errichtet, Böden und Decken sind fertiggestellt, aber bis zu den Fensteröffnungen hat es nicht gereicht. Es sollte ein Bürogebäude werden, fünfzig Stockwerke aus Glas und

Beton mit einem dieser Panorama-Aufzüge, aus denen immer mal wieder jemand mit Schwindelanfällen herausgeholt werden muss. Oder mit Panikattacken. Oder jemand, der sich vollgekotzt hat.

Die Falte auf der Stirn meiner Schwester schwindet.

»Ist es sehr heiß bei euch?« fragt sie.

»Nein, wir haben jetzt Herbst.«

»Wie schön, wie in den Filmen.«

Welchen Filmen?

»Aber die Sonne ist brutal«, sage ich.

Das stimmt. Durch die Fensterhöhlen des grauen Gebäudes *brennt brüllend brutal die Sonne*.

»Hier auch, du weißt ja, der ewige Sommer«, lacht sie lustlos.

Sommer. Schwierig, ihn ohne sein Gegenteil zu denken. Das ganze Jahr übermäßige Hitze bedeutet nicht Sommer.

»Nun ja, Sommer ist auch schön, oder etwa nicht?«, sagt sie.

Sommer bedeutet erneutes Keimen von etwas, das abgestorben war. Ohne Tod kein Leben, möchte ich ihr sagen. Die kranken Blätter sterben zuerst, und das ist gut für sie, denn dann schlagen sie früher wieder aus, bevor die große Hitze beginnt. Die gesündesten halten durch, überstehen die Jahreszeit, bleiben lebendig in einem Klima, das sie verletzt. Mehr Leben, mehr Leiden. Sie sind Märtyrer.

»Ich weiß nicht, ob ich den Sommer mag«. Ich

nehme an, dass sie so etwas von mir erwartet, um mir eine beruhigende Antwort geben zu können.

»Ein Glück. Denn hier hättest du keine Wahl.«

Nicht immer füllt meine Schwester Gesprächslücken auf die gleiche Weise. Ich muss zugeben, dass ihr da mehr einfällt als mir. Manchmal, wenn sie merkt, dass wir schon eine Weile schweigen und in die Ferne schauen, wendet sie eine, wie mir scheint, weise Strategie an. Sie erzählt mir Geschichten von Menschen, die ich nicht persönlich, aber aus ihren sich wiederholenden Erzählungen kenne, weshalb es mir leichtfällt, sie einzuordnen und auf willkürliche Fragen vernünftige Antworten zu geben.

Rat mal, was Maria Elvira sich geleistet hat?/Sie hat sich bei dir Geld geliehen und es nicht zurückgegeben./Du bist eine Hexe, weißt du das?

Du ahnst nicht, was Lucho passiert ist?/Lucho? Welcher Lucho?/Onkel Lucho./Er hat sich betrunken und ist ausgeraubt worden./Ganz genau!

Kannst du dich an den Sohn von Patricia Piñeres erinnern?/Glaub schon./Nun …/Er ist schwul./ Eben das.

Meine Schwägerin Melissa hat ihren Job aufgegeben./Warum denn das? Ist sie wieder schwanger?/ Heilige Jungfrau! Wie errätst du das?

Aber heute erzählt meine Schwester nichts von niemandem. Wenn sie mein Schweigen bemerkt, schweigt auch sie und seufzt. Ich nehme an, sie ist ebenfalls die Last der Verständnislosigkeit leid; vermutlich bin ich für sie nicht nur eine *unnahbare, unglückliche und unzufriedene* Schwester, sondern eine hochmütige Frau. Auch ihr ist die Verwandtschaft allein nicht genug, natürlich nicht. In einem Fall wie dem unseren ist Sich-gut-Verstehen nicht eine Frage der Magie, der Chemie oder der Wesensverwandtschaft, sondern eine der Zähigkeit, der Sturheit und der mühseligen Arbeit.

Mich zu entziehen besteht manchmal darin, mir ein schwarzes Loch im Denken vorzustellen, durch das ich knifflige Aufzählungen oder Worte, die sich in Form und Bedeutung ähneln, wirbele. Wie auch immer, Flucht ist ein dummes Spiel, das mir aber hilft, den Fokus der Aufmerksamkeit zu verschieben.

»Also, das Paket wird demnächst bei dir ankommen«, sagt sie als Einleitung zum Abschluss.

Jetzt schaue ich auf ihre Kleidung: förmlicher als an anderen Tagen, alles in Beigetönen, als habe sie sich für eine Taufe zurechtgemacht. Ihr Haar ist geglättet, heller im Ton als das letzte Mal, ohne sichtbare Haarwurzeln. Es ist ein Wunder, dass sie immer noch Haare auf dem Kopf hat, nachdem sie so viele Jahre diese Glättungstinktur benutzt hatte, und zwar so konstant, dass meine Tante Vicky ihr, Aloe-Kompressen auflegen musste, um die gereizte Kopfhaut zu kurieren. Meine Schwester ist so weiß wie eine Eiweiß-Meringe, aber ihr Haar ist hart und dicht gekräuselt, was, wie meine Großmutter zu sagen pflegte, das einzige wahre Bestimmungsmerkmal für afrikanische Wurzeln sei. Einen Großteil ihrer Jugend hat sie damit verbracht, dieses Merkmal auszumerzen, selbst um den Preis, ihren Kopf zu martern.

»Gehst du irgendwohin?«, frage ich.

Kein Lärm um sie herum, also vermute ich, dass weder die Kinder noch ihr Mann noch dieser lästige Köter, der bei jedem Schritt Haare verliert, im Haus sind. Es ist Samstag, und meistens wuseln da alle rum, kreischen wie Zikaden aus den Winkeln.

»Aufs Schiff.«

»Wohin?«

»Ich hab dir davon erzählt, wir machen eine Kreuzfahrt.« Und dass sie sich so freuen, weil es für die Kinder jede Menge Programm gibt, sagt sie; ein Kino mit einem *monster screen;* ein Wellenbad und normale Pools; Küchenchefs aus aller Welt; Yoga-Kurse; einen Hammer-Spa; Marken-Boutiquen; zwei Galaveranstaltungen …

»Und der Hund?«

»Der bleibt bei den Nachbarn, wird gerade hingebracht.«

»Ihr brecht schon auf?«

»Das Schiff legt in zwei Stunden ab, aber wir müssen ja noch zum Hafen.«

»Aha.«

»Dann pass gut auf dich auf.« Sie nähert sich dem Bildschirm und schickt einen geräuschvollen Kuss.

»Gute Reise«, sage ich, aber ihr Gesicht ist verschwunden. Ich sehe nur noch meines, das sich auf dem Bildschirm spiegelt, diese unzufriedene Miene, immer wenn ich fühle, dass mir etwas entgangen ist.

Wohin geht die Kreuzfahrt? Wann hat sie die geplant? War es ein plötzlicher Entschluss? Der Preis von einem Gewinnspiel?

Ich denke an das Dokument, an die Eingabe, die Dringlichkeit meines Anrufs.

Marah hätte mir gesagt, dass es vielleicht nicht ganz so dringlich sei.

Warum das?

Wollte ich wirklich nach Holland?

Ja, ich wollte.

Wozu?

Zum Schreiben.

Und was machte ich hier?

Dasselbe, aber unter Qualen.

Und dieser Typ, mit dem ich seit, seit wann?, seit zwei oder drei Monaten? zusammen war, komme ich da nicht ein wenig ins Zweifeln?

Nein.

Kein bisschen?

Nein.

Nein?

2

Ich wohne im siebten Stock, die Aussicht wird zum Teil von Baumkronen und ein paar modernen Hochhäusern verstellt, die unlängst in der Nachbarschaft gebaut wurden. Schräg gegenüber steht ein Gebäude mit Lofts in doppelter Raumhöhe, die Außenfassaden aus Stahl und Glas. Die Lofts sind teuer, prätentiös und winzig. Von meiner Wohnung aus kann ich alles sehen, was in der einzigen zur Seite hin gelegenen Einheit passiert, der von dem Pärchen mit Baby. Heute sind sie nicht zu Hause. Gestern Abend haben sie sich mit ein paar Stofftaschen und dem zusammengeklappten Kinderwagen aufgemacht und wie gewöhnlich eine Lampe brennen lassen, um wer weiß wen hinters Licht zu führen. »Vielleicht tun sie das, um bei der Rückkehr nicht ins Stolpern zu geraten«, hatte Axel gesagt, während wir sie von unserer Terrasse aus verschwinden sahen. Wir saßen auf zwei Plastikstühlen, fern von der Brüstung, weil er Höhenangst hat. Gestern Abend war Axel zum dritten Mal bei mir. Meistens gehen wir in seine Wohnung, die besser ausgestattet ist und keinen Balkon hat.

Ich mag es nicht, wenn die Nachbarn weggehen. Das zwingt mich dazu, in andere Fenster zu gucken, in denen nur Verschwommenes zu sehen ist. Auch sie gehen, glaube ich, nicht gerne weg, bei der Rückkehr wirken sie meist übellaunig. Das Baby wandert von den Armen des einen in die der anderen, und es weint, weil es die Unruhe der Eltern spürt. Die wiederum sind verstört von seinem Weinen: Hastig wiegen sie es, wirken sehr bleich, man könnte denken, sie fallen gleich um, bis sich das Baby dann beruhigt hat und sie wieder Sauerstoff bekommen. Ich weiß nicht, wie sie das innere Gleichgewicht wiedererlangen, das ihnen bei jeder dieser Episoden abhanden zu kommen scheint. Als würden sie von einer Wolke Stechmücken angefallen.

Jetzt stütze ich mich auf die Balkonbrüstung. Mir wird nicht schwindlig, im Gegenteil, in die Tiefe zu sehen macht mich ruhig. Unten fegt der Portier vor dem Eingang des Gebäudes. Er hat einen braunen Strickpulli an, mit dem er von oben wie eins dieser runden, übelriechenden Dinger aussieht. Blattwanzen, so nennt man sie. Er schaut nach oben, kneift die Augen wegen des hell strahlenden Himmels zusammen und entdeckt mich, die ihm zuschaut. Ich grüße, er stützt sich auf den Besen und grüßt zurück. Langsam, aber stetig fällt ein Regen vergilbter Blätter. Ich warte darauf, dass er sich umdreht und wieder an seine Arbeit geht. Máximo, so heißt der Portier, kann den ganzen Tag fegend verbringen. Und bei dieser Tätigkeit staut sich in seinem Magen die Bitternis. Eine Art von Verbitterung, die dich auf die Dauer dazu bringt, einen Stock zu packen und deine Wut an einem Hund oder einem alten Mann auszulassen.

Die Sonne dringt durch das Laub, und ich verlasse die Terrasse.

Der Wetterbericht kündigt für das ganze Wochenende Regen an, dabei deutet bislang nichts darauf hin. Mich zieht es nicht raus. Ich werde mit einer Dose Thunfisch und einem Apfel auskommen und den ganzen Nachmittag an dem Projekt für das Stipendium schreiben. In zehn Tagen muss es abgeschickt sein.

Ich drehe ein paar träge Runden durch die Wohnung: Küche, Wohnzimmer, Schlafzimmer, Bad, Schlafzimmer, Wohnzimmer, Küche. Wenn meine Schritte Spuren auf dem Boden hinterließen, wäre die Zeichnung meines Laufs ein U mit enger Öffnung. Auch meine Wohnung ist winzig, aber auf eine proletarischere Weise als die gegenüber. Ich bemühe mich, sie frei von jeglichem dekorativen Schnickschnack zu halten, denn wenn ich mich da gehen lasse, befürchte ich, einen provinziellen Geschmack zu offenbaren, den ich rundum ablehne, obwohl ich im Grunde weiß, dass ich ihn habe und ich sehr schnell hineinfallen kann. Darum versuche ich, die Wohnung sauber und gepflegt zu halten, und bevorzuge Funktionales, das mehrheitlich in der Küche anzutreffen ist. Meine Ignoranz verkleide ich als Minimalismus.

Dem Hang zum Kargen entgeht in diesem Umkreis allein der das Wohn-Esszimmer beherrschende Chesterfield-Diwan. Der Chesterfield dient mir als Sofa für die Besucher, als Chaiselongue für die Siesta, als Schreibtisch und Esstisch. Ich habe ihn auf einem Hausflohmarkt im Anwesen einer verstorbenen reichen alten Frau gekauft. Der Flohmarkt war in einem von mir abonnierten Newsletter angekündigt; dann und wann bekam ich Benachrichtigungen über Verkaufstage, zu denen ich nie ging. Immer war das, was mir gefiel, zu teuer und das, was ich mir leisten konnte, schmerzhaft, führte es mir doch meine prekäre Lage vor Augen. Diesen Flohmarkt suchte ich auf, weil die verstorbene Greisin so hieß wie ich, ein Zufall, der mich überzeugt hatte, auch wenn er nicht ganz so zufällig war, denn mein Name ist, zumindest in dieser Stadt, ein altmodischer Name. Als ich ankam, war der Diwan bereits verkauft, wie mir die Organisatorin beschied, sie schüttelte entschieden ihre roten Locken und wollte mich sogleich mit einem schwarz angelaufenen Silberbesteck trösten. Dann tauchte der Sohn der Verstorbenen auf, der leicht retardiert war, weshalb niemand auf ihn achtete, wenn er den Ramsch anpries, der auf dem Gartentisch ausgelegt war – auf diesen Bereich hatte ihn die grausame Frau mit den roten Haaren verbannt. Es war jedenfalls so, dass dieser Mensch die Enttäuschung, die mir ins Gesicht geschrieben stand, nicht ertragen konnte, mich daher nach draußen führte, darauf bestand, mir stockfleckige Sonnenschirme zu zeigen, während er aus der Tasche ein Kärtchen zog, auf dem der Name und das Modell des Diwans standen sowie der Vermerk »verkauft an«, dahinter war etwas durchgestrichen, da sollte ich meinen Namen einsetzen und das Kärtchen dann in die Urne der Verkäufe stecken. »Er gehört dir«, sagte er in seiner verlangsamten Sprechweise und gab mir das Kärtchen mit einer Geste, die an einen Bückling erinnerte. Und so haben wir einen Betrug besiegelt, der mich teuer zu stehen kam: Mit dem Preis, den ich zahlte, und dem Lieferdienst, den ich beauftragte, war mein Budget von zwei Monaten weg.

Der Diwan wirkt in meinem Wohnzimmer dermaßen fehl am Platz, dass man seine Freude daran haben kann. Er erfüllt die Funktion, mich in ein Umfeld stilisierter Eleganz zu rücken, was die meisten, die meine Wohnung betreten, nicht einordnen können. So hat mich noch gestern Axel gefragt, ob ich etwa eine verarmte Gräfin »oder sowas« sei. Er lachte. Ich beobachtete, wie das Lachen aus seinem Gesicht schwand und sich Ratlosigkeit angesichts meines Schweigens ausbreitete. »Spaß!«, betonte er. Ich dachte daran, wie hohl doch die Wendung war, die seinen Kommentar abschloss: »oder sowas«. Wie was? Schließlich gab ich ihm eine jener generischen Antworten, die bei verschiedenen Fragen einsetzbar sind: Niemand sei daran interessiert, genau hinzugucken, sagte ich, und so macht man sich eine falsche Vorstellung von meinen Vorlieben und meiner Wohnung (in Wahrheit sagte ich *falsche und fehlerhafte*, aber meine Erinnerung hat die Redundanz getilgt), was mich in meiner Abneigung, mich anderen zu erklären, bestärke. Als ich fertig war, fühlte ich mich bescheuert, und ich muss auch bescheuert gewirkt haben, denn er blieb nicht zum Schlafen. Zwischendrin redeten wir über andere Dinge, an die ich mich nicht mehr erinnere. Wir gerieten in einen Taumel der Beliebigkeit, der alles ruinierte.

Es ist Mittag, meine Schwester dürfte sich schon auf dem Kreuzfahrer eingeschifft haben. Ich kann sie vor mir sehen, wie sie aufgeregt vor interaktiven Bildschirmen steht, die den mit Fähnchen gespickten Plan des Schiffes zeigen: »… es gibt über zwanzig Restaurants mit internationaler Küche.«

Wenn meine Schwester weg ist, frage ich mich, wer kümmert sich dann um meine Mutter?

In der Küche finde ich den Thunfisch nicht. Im Speiseschrank stehen salzige Erdnüsse und Nachos. Ich öffne den Kühlschrank: Wasser, feuchte Cracker, ein Glas Oliven in Salzlake. Ich wähle die Oliven und die Nachos, stelle sie neben dem Diwan auf den Boden, gleich neben den Laptop, und gehe zur Toilette. Als ich von der Klosettschüssel aufstehe, überrascht mich im Spiegel über dem Waschbecken mein Gesicht. Ich entdecke etwas Neues. Eine unterdrückte Geste, die auf Befreiung wartet. Angst, denke ich. Angst wovor? Etwas sagt mir, dass ich mich schon seit über einer Woche so sehe. Seit Monaten? Jahren? Ich reibe mir das Gesicht. Ich kämme mich, verscheuche den Gedanken und gehe zurück ins Wohnzimmer. Ich setze mich auf den Diwan und schaue aufs Fenster: ein gleichgültiger Himmel, keine dunklen Wolken. Ich drücke den Daumen in die Mitte meiner Handfläche, bis ich einen Stich verspüre und loslasse.

Ein Schlag an die Scheibe weckt mich auf, aber draußen ist nichts. Es regnet, der Wind wird die Schiebetür zur Terrasse geschüttelt haben. Ich erhebe mich aus dem Diwan, schalte die Stehlampe an, sie geht nicht. Es gibt wohl einen Stromausfall wegen des Gewitters. Ich höre noch einen Schlag, blicke zur Tür und sehe draußen einen Mann mit Kapuze. Schnell gehe ich ein paar Schritte zurück, stoße gegen die Lampe, sie fällt um, die Glühbirne zersplittert. Der Mann schlägt mit beiden Händen gegen die Tür, dann zieht er die Kapuze des Regenmantels herunter:

»Ich bin's, Máximo«, sagt er.

Das ist Máximo, sage ich mir, bin aber weiterhin wie gelähmt. Es gibt Nächte, in denen alles eine Bedrohung ist.

»Alles in Ordnung?«, fragt er, die Stimme von der Scheibe und dem Sturm gefiltert.

Ich nicke, aber man sieht nichts, also kann er es nicht bemerken. Ich richte die umgefallene Lampe auf, schiebe mit dem Fuß die Reste der Glühlampe zusammen, ein Häufchen Glassplitter in einer Ecke. Ich öffne die Schiebetür.

»Was ist los?«

Máximo ist völlig durchnässt. Er hat auf die Terrasse steigen müssen, um zu dem Sicherheitskasten für den Strom zu gelangen, da eine Sicherung durchgebrannt war, sagt er.

»Okay«, sage ich.

Er habe draußen die Feuerleiter benutzt, habe mich nicht erschrecken wollen. Er redet weiter, während er sich dem Sicherheitskasten zuwendet. Bevor er wieder auf diese Konstellation orangefarbener Chips schaut, fragt er noch einmal: »Alles in Ordnung?«

»Ja, ja«, und ich biete ihm einen Kaffee an, was er annimmt.

Das Licht kommt wieder, und ich gehe in die Küche, um den Kaffee zu machen.

Als ich zurückkomme, lehnt Máximo am Rahmen der Schiebetür. Er kommt nicht herein, weil er tropft und das Parkett ruinieren würde, erklärt er. Er wird gehen, wie er gekommen ist, und über die Außentreppe absteigen. Ich nicke.

»Hast du die Kiste bekommen?«, sagt er, nachdem er einen großen Schluck von seinem Kaffee genommen hat.

»Welche Kiste?«

»Du hast sie nicht bekommen?«

»Nein.«

»Eine sehr große Kiste.« Er trinkt seinen Kaffee aus und reicht mir die Tasse ohne ein Dankeschön. Die herablassende Geste verbunden mit der Erwähnung der Größe der Kiste (die, wie ich vermute, das Paket meiner Schwester sein dürfte), erinnert mich an meinen Einzug in diese Wohnung: Wie schwierig es war, den Chesterfield hereinzubekommen, von dem aus ich ihn jetzt anblicke, während er sich die Hände reibt, um warm zu werden.

Die Aktion bestand im Prinzip darin, das Polstermöbel streng in sehr feste Folie zu wickeln und um ein beträchtliches Maß zu verkleinern, aber selbst so passte es weder in den Aufzug noch ins Treppenhaus. Daraufhin musste ich einen Service von Männern mit Klettergurten anheuern, die den Diwan an Seilen hochhievten und wie Tinkerbell mit dem Möbel in die Höhe schwebten. Es war eine akrobatische Show, die ich von Anfang bis Ende gefilmt habe. Máximo missbilligte den ganzen Vorgang, der ihm gefährlich, eigensinnig, bescheuert erschien: »Und dann ist es nicht mal ein schönes Möbel«, sagte er in einer der vielen Diskussionen, die wir darüber führten. Um ihn gnädiger zu stimmen, kaufte ich ihm eine Schachtel Pralinen mit einer Karte, auf der in glitzernden Großbuchstaben *Danke* stand. Er nahm sie mit derselben Miene entgegen wie die Beschwerden des Konsortiums und ließ es sich nicht nehmen, mir klarzumachen, so laufe das hier nicht. Mit »hier« meinte er sein Land, das nicht das meine war; mit »so« meinte er jedes Vorgehen, das ihn nicht als absolute Autorität anerkannte.

»Die Kiste wurde am Nachmittag gebracht, ich habe den Leuten geöffnet. Die haben sie zu viert hochgetragen, eine Holzkiste, irre schwer.« Er holt Luft, als hätte ihn schon der bloße Bericht ermattet. »Sie haben diese Wägelchen mit Hebelwirkung benutzt, aber trotzdem.«

»Aha.« Ich trinke wieder aus meiner leeren Tasse.

Máximo nickt und blickt auf den Wohnungseingang. Er weist mit dem Kinn auf die Tür:

»Die muss da draußen im Flur stehen.«

3

Der Sonntagmorgen zeigt sich sonnig, aber ich bleibe noch drinnen.

Vom Bett aus kann ich ein Stück unreinen Himmel sehen: das Blau von mageren Wolken durchzogen, die sich wie Dampf in der Dusche auflösen. Schließlich nehmen sie die Form von Lumpen an, die im Wind trocknen, und mir wird es langweilig, ihnen zuzusehen, ich stehe aber erst auf, als das Telefon klingelt.

»Sind sie zurück?« Das ist Axel. Nur er ruft mich auf dem Festnetz an: ein altes schnurloses Telefon, das schon in der Wohnung war, als ich einzog.

»Wer denn?« Mir fällt Ágata ein, die Katze des Gebäudes, die vor einigen Wochen verschwunden ist. Aber Axel hat im Plural gesprochen. Außerdem weiß ich gar nicht, ob ich ihm von Ágata erzählt habe.

»Das Pärchen von gegenüber«, antwortet er.

Ich hatte von Ágata geträumt.

»Ah, wart mal, ich schau nach.« Ich gehe auf die Terrasse und gucke: Alles wie gehabt. »Sie sind nicht zurück.«

»Okay. Und was machst du so?«

»Ich nehme Anlauf, weil ich dann arbeiten muss.«

»Was?«

Ich hab ihm auch nicht erzählt, dass ich mich für ein Stipendium bewerbe, das ich, wenn ich den Antrag rechtzeitig losschicke, vermutlich bekommen werde. Warum? Weil ich billig bin und ansehnlich: allein, jung, Latina. Und vor allem weil ich diejenige kenne, die das organisiert; sie selbst hat mich zur Teilnahme aufgefordert: *»It is perfect for you.«* Falls ich das Stipendium bekomme, wäre der Plan, ein Jahr nach Holland zu gehen, ein Jahr, das sich in meinen Plänen auf drei ausdehnen könnte oder auf sieben oder zehn. Axel weiß nichts davon.

»Etwas Neues«, antworte ich, »noch nicht ganz ausgegoren.«

Ich frühstücke auf der Terrasse. Davor muss ich den Plastiktisch trockenwischen und den pitschnassen Sonnenschirm aufspannen, der mich dabei von oben bis unten vollspritzt. Ich gehe rein und ziehe mich um, greife mir eine Decke, falls es frischer wird, und hole den Laptop. Als ich hinausgehe, sehe ich Ágata und stürze mich auf sie. Vielleicht ist es gar kein Traum gewesen, vielleicht hat sie die ganze Nacht vor meinem Fenster gemaunzt. Im Haus meinen sie, Ágata sei tot, und geben mir die Schuld, auch wenn keiner das direkt gesagt hat. Oder doch, León, der Junge aus dem Erdgeschoss, auf den ich manchmal aufpasse, weil seine Mutter, eine Krankenschwester, sich öfter mal nach den Diensten im Krankenhaus verspätet und ihr Kindermädchen ins Abendgymnasium geht. »Meine Mama sagt, du hast die Katz gefressen,« sagte León neulich morgens. Beide standen wir am Eingang des Gebäudes (er wartete auf den Schulbus, ich auf ein Cabify). Ich lächelte ihm zu und verkniff mir die Antwort an seine Mutter aus purem Mitleid mit dem Jungen. »Man kommt nicht so spät vom Dienst, es sei denn, man vögelt den Arzt vom Dienst«, hatte das Kindermädchen an einem jener Abende gesagt, als sie mir das Kind, das keinerlei Anstalten machte, schlafen zu wollen, im Elchpyjama übergeben musste.

Ágata strich durch alle Wohnungen, hatte aber offensichtlich eine Vorliebe für meine Terrasse. Als sich bei der Mieterversammlung die Frage stellte, ob jemand die Katze adoptieren könnte oder ob wir sie (als Maskottchen des Gebäudes) frei nach Gutdünken herumstreichen lassen sollten, richteten sich alle Blicke auf mich und lasteten mir die Entscheidung auf. Eigentlich sei es klar, dass ein Einzelner sich bestens um eine Katze kümmern könne, sagte Carla, die Leiterin der Versammlung. Schließlich seien Katzen unabhängige Tiere und bräuchten nicht mehr als ein Schälchen Wasser, etwas zu fressen und einen alten Lumpen, um darauf zu schlafen. Wie ein Landstreicher auch, dachte ich, dennoch würde dich keiner bitten, dich seiner anzunehmen.

»Ágata, wo warst du nur?«

Ich hebe sie hoch und nehme sie in die Arme. Die

Katze lässt sich streicheln, schaut mich aber ernst an: als hätte sie eine Nachricht, die sie mir nicht zu überbringen wagt.

»Was ist los, Ágata, sag schon, bitte.«

Sie verliert das Interesse und entschlüpft, läuft zu ihrer Schlafecke, findet aber die Lumpen nass und schmutzig vor. Sie läuft weiter und in die Wohnung, obwohl ich ihr das verboten habe. Mit völliger Straffreiheit klettert sie auf den Chesterfield. Ich gehe in die Küche, fülle ihre Schälchen mit Wasser und Futter und stelle sie auf die Terrasse in der Erwartung, dass sie mir folgt. Sie bleibt aber auf dem Diwan und verfolgt meine Bewegungen mit weit offenen Augen. Bevor ich mich zum Arbeiten an den Tisch setze, werfe ich noch einen letzten Blick auf sie und spüre etwas Neues, so etwas wie Erleichterung oder wie eine unerwartete Liebkosung. Dann mache ich einen Schwenk auf die Terrasse: Ich halte Ausschau nach neuen Blättern zum Wegkehren, neuen Pfützen zum Trockenwischen. Ein Vorwand, um nicht mit dem Schreiben zu beginnen. Die Terrasse wirkt sauber und anheimelnd, ganz wie das erste Mal, als ich sie sah und sie so hochgemut – im besten Sinne – auf mich wirkte: Die Terrasse nimmt die Hälfte der Wohnungsfläche ein. Wer kann sich das schon erlauben. Eine der Hälften, die innere, ist in drei Räume aufgeteilt, die wie Büroboxen aussehen: das Schlafzimmer mit dem Bad, das Wohn-Esszimmer und die Küche mit einer ganz kleinen Waschküche, die ich als Abstellkammer benutze. Die andere Hälfte ist das hier: die Leere. Als ich einzog, war ich versucht, Pflanzen aufzustellen, habe mich aber rechtzeitig gebremst. Die verdorrten Strünke hätten überhandgenommen, weil ich mich nicht dazu herabließ, sie aus ihren Töpfen zu zupfen. Ich liebe die Gärten anderer, die Orchideen und die Orangenblüten und die üppigen Farne; ich liebe das glänzende Grün der frischen Blätter. Ganze Nachmittage kann ich über die Kästen auf dem Balkon des Pärchens mit dem Baby staunen, so frisch und farbenprächtig und ungestüm. Manchmal warte ich auf die Dunkelheit, nur um die ungenauen Schatten der Pflanzen an der Mauer zu sehen. Dann wirken sie entspannt, sich selbst überlassen, befreit von der Auflage, dekorativ zu sein. Aber die Vorstellung, einen eigenen Garten zu pflegen, reizt mich überhaupt nicht, spüre ich doch, dass jeder Pflanzentrieb in meinen Händen so schnell seine Vitalität verlöre wie ich die Begeisterung fürs Gärtnern.

Bis jetzt habe ich drei Absätze geschrieben und weiß schon, sie taugen nichts. Wenn ich loslege, bin ich dumm, beziehungsweise zerstreut. Nicht so sehr, um es nicht zu bemerken, aber doch genug, um es nicht beheben zu können. Ágata läuft auf die Terrasse und legt sich hin, streckt den Bauch in die Sonne. Sie sieht dicker aus, und ich frage mich, wo sie gewesen ist, was sie wohl gefressen hat, ob eine freundliche Hand ihr jeden Abend den Rücken gestreichelt hat.

Als Ágata das erste Mal auf der Terrasse auftauchte, brachte sie mir als Opfergabe einen Strumpf, den sie von dem Wäscheständer irgendeines Nachbarn geklaut hatte. Eben den Strumpf habe ich verwendet, um ihr einen Ball zu basteln, der noch irgendwo herumliegen muss, inzwischen dreckig und zerzaust. Später schleppte sie Taschentücher, T-Shirts, eine Kindersandale, ein Butterbrot an.

Ich stehe vom Tisch auf und rücke das Schälchen mit dem Futter näher an sie heran, aber sie ignoriert es beharrlich.

Ich stütze mich wieder auf die Brüstung. Das Skelett des unfertigen Gebäudes ist für mich eine wunderschöne Aussicht. Hoffentlich wird der Bau niemals beendet. Ágata streicht um meine Beine, reibt sich daran und schnurrt. Ich betrachte sie und denke, dass wir hier eine seltene Gleichzeitigkeit des Wohlbefindens erleben: Ágata ist zufrieden, und ich bin ruhig, was fast dasselbe ist. Wir genügen einander. Keine von beiden scheint an einem anderen Ort sein zu wollen. Aber das Summen des elektrischen Türöffners scheucht sie auf, und sie schlüpft in die Wohnung. Vom Balkon aus kann ich sehen, es ist Máximo, aber ich habe keine Lust zu antworten, also ziehe ich mich zurück, bevor er mich entdeckt.

Ich gehe zurück zum Laptop, lese zwei Passagen noch einmal. Es klingelt wieder, ich gehe nicht ran. Versuche weiterzulesen, aber das Summen hat mich abgelenkt, mich erkalten lassen, mich entfernt. Wenn das passiert, fällt es mir schwer, fortzufahren, mich daran zu erinnern, dass das, was ich tue, mir wichtig ist und in sich einen Sinn hat. In der Tat ist mir das hier wichtig, aber es hat keinen Sinn in sich. Wenn ich mich aber anstrenge und mich konzentriere, kann ich mir einen überzeugenden ausdenken.

Verdammter Máximo.

Ich gehe in die Küche, um mir einen Mate zuzubereiten. Ich fülle Wasser in den elektrischen Wasserkocher, stelle ihn an, suche den Matetee und den Zucker, trödele herum. Ich atme tief ein und pumpe mich voll mit Entschlossenheit:

»Ich muss schreiben«, sage ich zu Ágata, die mir nachläuft.

Die Bewerbung besteht aus zwei Teilen, wobei der erste wohl der wichtigste ist. Es geht darum, das Projekt zu erklären, an dem ich während des Aufenthalts zu schreiben vorhabe. Das ist mir aber selbst noch nicht ganz klar, also lege ich mit dem zweiten Teil los, der, zumindest theoretisch, einfacher ist: Ich soll einen Aufsatz darüber schreiben, welche Empfindungen in mir das Schreiben auslöst. Darüber kann man sich grottenschlecht oder brillant äußern. Je nach dem, wer sich äußert. Und obwohl ich seit Jahren täglich schreibe, ist mir wieder so, als ob das, was ich »meine Arbeit« nenne, nicht mehr als eine weitere Fluchtstrategie ist. Auf der universellen Karte der Berufe entspricht Schreiben den Mühen, die eine Zecke aufwendet, um sich unter Raubvögeln zu ernähren und zu überleben. Ich klettere auf einen Ast, warte sehr lange auf die Herde, kalkuliere, welche Distanz am ungefährlichsten ist, um mich auf einen weichwolligen Rücken fallen zu lassen und eine winzige Ration von seinem Blut zu saugen, das mir dieses eingeschränkte, genügsame Leben ermöglicht.

Meine Arbeit ist klein. Auch reichlich bodennah. Manchmal kann das Bewusstsein dieser Kleinheit mit einem Ressentiment verwechselt werden. Wenn irgendjemand, der mir mehr oder weniger nahesteht, mich über meine wirkliche Erwartung ans Schreiben auszufragen beginnt, ist meine Erklärung dermaßen abstrakt, dass man sie für eine Klage oder einen Ausdruck von Resignation halten könnte.

Eines Abends lag León gemütlich auf dem Chesterfield, während ich, ziemlich in die eine Ecke gedrängt, versuchte, einen Text abzuschließen, der mir im Kopf rumorte. Als León schon fast vom Schlaf besiegt war, fragte er: »Was machst du eigentlich?«, und obwohl ich es ihm schon mehrfach auf verschiedene Arten erklärt hatte, an diesem und an anderen Abenden, wiederholte ich: »Ich schreibe«. Worauf er ehrlich verunsichert fragte: »Aber wirst du denn dafür bezahlt?«

Ich hätte León gerne erwidert, dass es darauf nicht ankam. Dass mir meine Arbeit wichtig war, weil ich glaubte, dass in den randständigen Berufen mehr Wahrheit unterwegs war als in denen, die mit ihrer Wichtigkeit das Zentrum beanspruchten. Es gab

Berufe, bei denen man meinen konnte, Veränderungen in großem Maßstab zu bewirken. Ein Ingenieur mochte sich ein wenig so fühlen: großmütig. Im Kleinen hingegen lag eine Anstrengung zur Synthese, die sich in Essenz übersetzte. Die Essenz war nicht großmütig, sie war zwangsläufig konzentriert. Du siehst sie oder siehst über sie hinweg, mit einer Brücke kannst du das nicht tun. Ich musste mir nicht einreden, dass das Schräubchen, das ich täglich ölte, wichtig war für das große Räderwerk, welches das Universum in Bewegung hielt, ich wusste gut genug, dass keiner es vermissen würde, wenn ich es nicht ölte. Ja, sicher, da war Groll in mir, wie bei dem Großteil der Menschheit. In jedem einzelnen meiner Sätze versteckten sich wütende Krieger, die Pfeile in alle Richtungen abschießen wollten. Aber ich zügelte sie, ließ ihre Wut nicht ausbrechen.

»Manchmal«, antwortete ich León an jenem Abend. Er war schon eingeschlafen.

Erst höre ich die Klingel und gleich darauf die Schläge an die Tür, einen auf den anderen: heftig, laut.

Ich stehe vom Terrassentisch auf und gehe in die Wohnung, bin verblüfft.

»Wer ist da?«, frage ich und beuge mich zum Spion, kann aber nichts erkennen, weil etwas die Sicht versperrt.

»Ich bin's, Máximo.«

Ich öffne die Tür, und da kommt mir etwas entgegen, ein riesiger Block, den ich mit dem Körper abbremsen muss.

»Alle Nachbarn beklagen sich, weil das Ding im Weg steht. Man kommt nicht durch«, sagt Máximo vorwurfsvoll.

»Wie bitte?«

Meine einzigen Nachbarn sind die Eheleute nebenan. »Alle« ist die reinste Provokation.

»Das ist vor fast zwei Tagen für dich angekommen und steht immer noch rum. Das Gewicht der Kiste macht mich fertig.«

»Hilfst du mir, Máximo, bitte? Das ist wirklich sehr schwer.«

Máximo schnaubt. Er drückt sich auf der Seite rein, zwischen Kiste und Wand, und packt sie breitseits mit ausgestreckten Armen.

»Darf ich«, sagt er, schubst mich mit seinem Körper beiseite, der voluminös wie ein Bulldozer ist, und schleift mehr schlecht als recht die Kiste herein, wuchtet sie dann auf den Diwan; da liegt sie.

»Was ist das nur?«, frage ich.

Máximo schnaubt wieder. Er holt ein Taschentuch aus der Hose und wischt sich das schwitzende Gesicht ab. Erbost brabbelnd geht er hinaus und wirft die Tür zu.

Ágata kriecht auf die Kiste, schnuppert und schleckt am Holz.

»Ágata!«, schrei ich. »Weg da!«

Aber die Katze flieht nicht, sondern schaut mich

mit einem Blick an, der anders ist als der vorhin auf der Terrasse. Ich setze mich auf den Boden, vor sie.

»Was ist los, Ágata?«

In ihren übergroßen Augen entdecke ich einen dunklen, beweglichen Schacht, der mir mein Spiegelbild zeigt. Ich schließe die Augen, öffne sie erneut und glaube in demselben Spiegel das Gesicht einer anderen zu sehen. Noch einmal schließe und öffne ich die Augen, nur um festzustellen, dass der Brunnenschacht in den Augen der Katze nie ruhig bleibt. Deshalb verändert er mich jedes Mal, wenn ich hineinschaue.

Ich rufe Axel an, da Máximo mich ignoriert.

»Ich habe nichts von dem, was du von mir willst«, sagt er.

»Nicht einmal einen Hammer?«

»Hammer, das kann sein.«

Um die Kiste zu öffnen, brauche ich Werkzeug. Ideal wäre ein Schlitzschraubenzieher, um die Schrauben herauszudrehen und die Kiste zu zerlegen: Ich habe im Internet nachgeschaut. Davor hatte ich versucht, sie mit dem schärfsten Messer aus meiner Küche zu öffnen, und als ich es unter das Brett schob, das als Deckel dient, und Druck nach oben machte, brach die Messerspitze ab.

»Kannst du kommen?«

»Lass mir ein bisschen Zeit, Süße, ich bin bei meinen Alten.«

Es ist Sonntag. Da treffen sich normale Leute mit ihrer Familie zum Essen und Depressivwerden.

Einmal habe ich Axels Eltern gesehen, wir trafen sie im Supermarkt, in der Nähe seiner Wohnung. Sie wohnen im gleichen Viertel, ich vermute, Axel fühlt sich für sie verantwortlich, weil seine einzige Schwester nach Australien oder Neuseeland (kann ich mir nicht merken) gezogen ist. Beide sind hochgewachsen, er ein bisschen mehr als sie. Sie wirken wie Generica-Schauspieler, so weit ganz gutaussehend. An dem Tag schien mir nichts an ihrer Erscheinung besonders auffallend, ihre Haltung ausgenommen, ihre schlichte Eleganz, ein khakifarbener Sweater (er), einer in Lila (sie). Die Begegnung war etwas peinlich, da die Mutter gar nicht aufhörte zu lächeln. Gefälliges Lachen macht mich nervös, es ist konfus und deformiert die Menschen. Der Vater schien mir normaler, also zurückhaltender in seinen Gesten. Axel war so nervös, dass er kaum etwas sagte. Er strich sich dauernd übers Haar und starrte in die Regale, auf der Suche nach einem nicht existierenden Produkt. Der Einkaufswagen seiner Eltern quoll über von Lebensmitteln; vor allem gab es viele Gewürzsaucen, die mir für ihr Alter gewagt schienen. Die Mutter hielt ein Set Plastikkelche in der Hand, auf denen *chin chin* stand. Ein mögliches Merkmal zur Einordnung, dachte ich: Axels Mutter gehört zu jener Gruppe Menschen, die sprechende Gegenstände kaufen. Schüsseln mit der Aufschrift *salad*, kleinere Schüsselchen mit dem

Schriftzug *snacks*. Als wir weiter unsere Runde drehen wollten und sie die ihre, kam die Mutter heran, um Axel einen Kuss zu geben, doch er wich ihr aus, versehentlich, weil er sie nicht hatte kommen sehen. Ich verspürte Mitleid und Scham, sie presste ihre Kelche an sich und entfernte sich. Zum ersten Mal dachte ich an Axel als kleinen Jungen. Wenn ich die Eltern von mir Nahestehenden sehe, stelle ich mir den Jungen oder das Mädchen vor, das sie gewesen sind, und hole das Kind vor die Linse, gleich neben seiner älteren Version. Etwas an diesem Foto macht mir Sorgen. Die Eltern sind das Guckloch, an das man das Auge drückt, um die Kindheit auszuspionieren.

Ich betrachte wieder die Kiste: Sie nimmt den ganzen Diwan ein, also das ganze Wohnzimmer. Sie vernichtet den einzigen nützlichen Raum der Wohnung. Die rote Aufschrift »Zerbrechlich« ist an allen Seiten zu lesen.

Um sechs rufe ich erneut Axel an, aber er geht nicht ran.

Ich stelle ihn mir vor, wie er mit seinen Eltern vor dem Fernseher sitzt, versunken in einem zu weichen Sessel, mitgenommen von dem Thermostaten dieses Hauses, der, wie Axel mir erzählte, nicht auf eine mittlere Temperatur zu regeln ist. Immer ist es entweder zu heiß oder zu kalt, was sie dazu zwingt, ständig auf die Temperatur zu achten, statt sich zu entspannen. Es ist leichter, die Hitze zu vergessen, meint Axel, weil du nichts davon bemerkst: Sie versetzt dir erst nur leichte Schläge, die machen dich dösig, aber werfen dich nicht um. Nicht so schnell. Die Kälte ist heftiger. Die Kälte dringt dir ins Fleisch, bis sie auf den Knochen stößt.

Ich rufe ihn wieder an. Nichts.

Ich ziehe die Kälte vor, aus eben den Gründen, die Axel anführt. Ihr heftiges Vorpreschen, dagegen das hinterhältige Anschleichen der Hitze. Die Kälte betrügt nicht, spekuliert nicht, erobert dich nicht langsam. Ich bin erhitzt aufgewachsen, erstickte nach und nach. Wenn ich meine Schwester frage »Wie geht's?«, dann antwortet sie häufig: »Gesotten.« Das scheint mir das perfekte Bild, um den Zustand der Körper in jenem Klima zu beschreiben.

Nachdem ich die Kiste eine Weile untersucht habe, in der Hoffnung, einen geheimen Mechanismus zu entdecken, der sie öffnet, gebe ich auf.

Ich möchte zurück auf die Terrasse, gehe ins Schlafzimmer, ein Sweatshirt holen. Ich wähle das schwarze mit *Rabid Fox* auf der Brust. Vor Monaten ist es an einem Kleiderhaken im Bad hinterlassen worden. Ich war schon drauf und dran, es jemandem auf der Straße zu schenken, aber eines Tages hat es sich in den Wäschebeutel für die Reinigung geschlichen und kam dann schön gefaltet und nach Woolite duftend zurück. Es ist mir zwar zu groß, aber ich mag es sehr gerne. Es war von einem Typen, mit dem ich vor Alex ausging: von einem der beiden Typen, mit denen ich vor Alex ausging. Sie wussten nichts von dieser Nachbarschaft, und ich, die noch nie zwei Männer zur gleichen Zeit gehabt hatte, fühlte mich enthemmt, gierig, schuldhaft, adrenalingepeitscht. Ein Schnäppchen, dachte ich: Für so wenig erlebe ich so viel. Aber dann lernte ich Axel kennen, und es war leicht, die zwei zu verlassen, weil keiner von ihnen sich besonders bekümmert zeigte. Obwohl meine erste Reaktion auf die Leichtigkeit, mit der ich das Band kappen konnte, stille Kränkung war, besann ich mich eines Besseren und sagte mir, das sei wohl die zivilisierteste Beziehung gewesen, die ich je gehabt hatte. Ich wusste die zärtliche Gleichgültigkeit zu schätzen, mit der A und B sich von mir verabschiedet hatten: A mit einer langen Umarmung und B mit einem Kuss und dem Sweatshirt, das ich jetzt anhabe. Die Sache mit dem Sweatshirt ist wichtig: Ich kann mich damit brüsten, ein Geheimnis mit mir selbst zu teilen. Ich denke mir immer, dass die Erinnerung an diese doppelte Liebschaft gut altern wird. Aber irgendwann werde ich der Versuchung erliegen, sie zu verklären, und eine strenge Stimme in meinem Kopf muss mich dann zurechtweisen: Die beiden waren nichts Besonderes, sie haben dir nur nicht weh getan. Nicht weh tun ist kein Verdienst, eher das Gegenteil. Um weh zu tun, bedarf es der Verbissenheit, also echten Interesses. Nicht weh zu tun ist leicht, im Allgemeinen genügt es, sich rauszuhalten.

Achtsamkeit ist ein Verdienst; sich von etwas Wertvollem lösen und nicht erwarten, dass es wiederkommt.

Und lieben, so heißt es, was mehr oder weniger dasselbe ist.

Liebt Axel mich?

Es heißt auch, dass die Liebe in Form von Dankbarkeit altert. Also werde ich jedem dankbar sein, der mich hat lieben lassen, auch wenn er mich selbst nicht geliebt hat. Wenn dem so ist, sage ich mir – vorbeugend?, mich belügend?, tröstend? –, dann ist die Frage, ob Axel mich liebt oder nicht, völlig nebensächlich.

Ich gehe raus auf die Terrasse, will mich auf die Bewerbung konzentrieren.

Ich könnte den Beweisgang der Liebe nicht in einem Text wiedergeben – die Worte *liebt, Liebe, lieben, geliebt* –, ohne melasseklebrige Finger zu bekommen. Wenn ich von Liebe sprechen wollte, würde ich das Wort durch ein anderes ersetzen. Durch welches? Kopflosigkeit, fällt mir gerade ein. Mir wird schwindlig. Manchmal geht es mir so mit den Worten. Als wäre man Schreiner und allergisch auf Sägemehl. Ich habe verbotene Worte, die werden immer mehr, und es fällt mir schwer, neue zu finden, die sie ersetzen. Ich kenne wenige Worte. Und ich durchsuche nicht die Wörterbücher mit der Lupe. Schlimmer noch: Ich bin voller Hoffnung, überzeugt davon, dass die Worte, die ich suche, mich überrennen werden.

Ich seufze. Draußen riecht es nach Jasminblüten. Das müssen die letzten sein. Oder die ersten.

Es bleibt nicht mehr viel vom Nachmittag. Kurze

Tage, lange Nächte, alles fängt wieder von vorne an. Die Natur schreitet nicht voran, sie wiederholt sich, tanzt im Kreis, sucht nach Speicherplatz. Ich gähne, weil ich hungrig bin.

Ein runder, voreiliger Mond taucht auf.

4

Um halb neun stehe ich vom Tisch auf, will die Beine strecken und über die Balkonbrüstung schauen. Auf der Straße schreiten zwei Frauen in Sportjacken vorbei – fluoreszierendes Pink und fluoreszierendes Orange –, sie marschieren in athletischem Rhythmus dahin, hinterlassen dabei eine leuchtende Zickzackspur, was an Glühwürmchen erinnert, *bichitos de luz*, Lichttierchen, werden die hier genannt. Dann sehe ich einen Jungen auf dem Bürgersteig stehen, der auf das erleuchtete Display des Handys blickt, während sein Hund an seinen Füßen schnüffelt. Es ist keine verkehrsreiche Straße, aber irgendwas passiert immer. Ich schaue wieder hinein, ins Wohnzimmer: Es ist dunkel, weil, fällt mir ein, die Stehlampe kaputt ist. Und die Katze? Ist sie wieder weg? Die Kiste liegt immer noch vergessen auf dem Diwan. Morgen muss ich etwas finden, um sie zu öffnen oder loszuwerden. Vielleicht rufe ich bei der Kirche an und spende sie in geschlossenem Zustand. Ich brauche nichts von dem, was in dieser Sendung stecken mag.

Mein Mund ist trocken von all den Nachos und

Oliven. Mit meiner Bewerbung bin ich etwas vorangekommen. Wenig.

Ich will rein und mir etwas zu trinken holen. Ich gehe durch die offene Tür und taste an der Wand nach dem Lichtschalter; als ich auf ihn treffe, geht die Deckenlampe an, die ich nie benutze – zu stark, zu blendend.

Da sehe ich sie.

Ich schalte das Licht aus. Es ist eine Spiegelung. An den Wänden zittern die Schatten, die von außen hereinkommen.

Ich schalte das Licht an. Da ist sie wieder, sitzt mitten auf dem Diwan, die Haare zu einem strengen Dutt hochgesteckt, der ihre Schläfen spannt und ihr dunkles Gesicht aufhellt – die Wimpern starr von Tusche, starkes Rouge, erdfarbene Lippen. Ich sehe sie eingerahmt vor einem klaren Hintergrund, wie auf eine Leinwand gemalt. Sie trägt ein ärmelloses Kleid, umarmt sich selbst und reibt ihre Arme.

»Mir ist kalt«, sagt sie.

Die Schachtel ist in ihre sechs Teile zerlegt, die Bretter aneinandergelehnt.

»Mir ist kalt«, wiederholt sie.

Also eile ich ins Schlafzimmer und hole ihr einen Schal, den legt sie sich über die Schultern, um mich dann mit diesem verstörten Blick anzusehen, vor dem ich mich seit Jahren sicher glaubte.

»Ich verstehe nicht«, sage ich schließlich, angesichts ihres unveränderten Gesichtsausdrucks.

»Keine Sorge«, sie schüttelt mit einer Mischung aus Trauer und Empörung den Kopf, »wenn Du mir ein Taxi bestellst, mache ich mich sofort auf den Rückweg.«

Bei aller Verwirrung finde ich es lustig, dass sie das sagt.

Meine Mutter war, vor allem anderen, stets eine abhängige Frau. Für alles brauchte sie Beistand, und selbst mit Beistand verlangte ihr das praktische Leben eine übermäßige Anstrengung ab.

»Ich will nicht stören«, sie reibt sich über dem Schal weiter die Arme.

Ich gehe auf die Terrasse, um den Laptop zu holen. Ágata liegt auf den lauwarmen Tasten. Ich setze mich an den Tisch, weil mir schwindlig ist. Ich brauche Wasser. Ich streichle die Katze und merke, meine Finger zittern. Ich blicke auf das hohle Haus, stelle mir vor, dass in den kleinen Quadraten Codes auftauchen, die ich entziffern muss. Ich hebe die Katze von meinem Laptop und stelle sie auf den Boden. Sie entfernt sich in Richtung der Trennmauer zur Nachbarterrasse, wo das Ehepaar wohnt. Sie springt auf die andere Seite und verschwindet wieder. Bevor ich in die Wohnung gehe, überzeuge ich mich davon, dass sie leer ist. Es muss sich um einen Webfehler handeln, denke ich, um einen dieser kleinen Risse in der Realität, durch die das einsickert, was wir am Ende dann, da wir keine weiteren Worte dafür haben, als »Delirium« bezeichnen.

Ich öffne die Schiebetür, da ist niemand. Auch die Kiste ist nicht da. Ich atme tief durch, da ist ein so starkes Gefühl der Erleichterung, dass ich lachen möchte, aber ich lache nicht. Ich fühle mich wie unter Drogen, traue meiner eigenen Wahrnehmung nicht mehr. Da höre ich einen Wasserstrahl auf den Boden des Küchenbeckens prallen. Wäscht sie ab? Was denn? Es gibt nichts Schmutziges. Meine Mutter konnte noch nie gut abwaschen, ihre Arbeitsplatte hatte immer eine dicke Patina, geologische Schichten von Fett. Ich schaue in die Küche: Auf meiner Arbeitsfläche tropft Zeug ab, das ich nicht erkenne. Die stickige Luft in dem kleinen Raum fühlt sich schwer an und riecht nach Suppe, nach einem Fleischgericht, nach Koriander und Knoblauch. Nichts auf der Herdplatte kocht, im Kühlschrank ist keines dieser Produkte. Ihre Gegenwart, lässt mich diese Gerüche evozieren. Ohne es zu wagen, über die Schwelle zu gehen, frage ich sie: »Hast du Hunger?«

Sie schüttelt den Kopf.

»Bist du müde?«

»Ein wenig.«

»Ich richte dir mein Bett her.«

»Das ist nicht nötig.«

»Ich schlafe auf dem Diwan.«

»Nein, bitte nicht.«

»Wie auch immer, ich muss arbeiten.«

»Ich kann in irgendeiner Ecke schlafen.«

»Bin gleich fertig.«

»Ich bin nicht mal müde.«

Ich gehe ins Schlafzimmer, ziehe die alten Bettlaken ab und beziehe das Bett neu; ich entferne, was störend herumliegt: Bücher auf dem Nachttisch, Haarklammern, ein Notizbuch, ein Federhalter, Kondome, eine Arnikasalbe für müde Füße, Schlappen. Ich stecke alles in einen Stoffbeutel, knote ihn an den Henkeln zu und verstaue ihn oben im Wandschrank. Ich bewege mich schnell, aber zielsicher, als setzte ich die Szene eines Verbrechens wieder zusammen. Dann gehe ich ins Bad, hole ein sauberes Handtuch heraus und hänge es an den Haken. Seitlich von der Dusche lege ich Shampoo, Seife und eine Duschkappe bereit.

Meine Mutter hat es sich in den Kopf gesetzt, fürs Abendessen Arepas zuzubereiten. Sie gibt Käse und Butter auf den Maisfladen und streut dann noch gehackte Minze darauf. Wir trinken Bier, jede zwei Büchsen, und keine spricht, keine fragt etwas. Ich nehme an, dass ich das eine Weile lang ertrage. Dann akzeptiert sie, sich in mein Bett zu legen. Es kostet mich wenig Mühe, sie zu überreden: Ihr Stolz ist ein zerbrechliches Gehäuse. Während sie sich im Schlafzimmer einrichtet, hole ich ein Buch für sie aus dem Regal im Wohnzimmer. Die Wahl fällt mir schwer, da ich nicht mehr weiß, was sie mag. Ich greife nach *Eine verlorene Dame*, befürchte aber, dass allein der Titel sie abschreckt. Ich stelle es zurück. Schade, es ist ein wunderschönes Buch. Als ich zurückkomme, kniet sie am Bett, murmelt irgendein Gebet. Ich lasse sie zu Ende beten, spreche sie dann an:

»Brauchst du irgendwas?«

»Katzen schleppen Krankheiten ein, Kindchen,« wispert sie.

»Was?«

»Ich habe gesehen, du hast eine Katze.«

Ihre Stimme bebt, sie ist nervös. Fast kann ich den Vogelschwarm in ihrer Brust hören. Ihre Stirn glänzt vom Schweiß. Als ich noch bei ihnen wohnte, fiel es meiner Mutter schwer, mit mir zu reden, wenn wir allein in einem Zimmer zurückblieben. Sie schaute mich komisch an und sagte nichts. Ich fühlte mich nicht dafür verantwortlich, eine Unterhaltung anzukurbeln: Ich war die Tochter, ein Kind. Also blieben wir beide still, dehnten das Schweigen aus, bis ich mich langweilte oder einschlief und sie das nutzte, um hinauszugehen.

»Es ist eine Kätzin«, erwidere ich, »und sie gehört nicht mir, sondern zum Gebäude.«

Ich verlasse das Zimmer. Gehe in die Küche und öffne zum Lüften das Fenster. Ich betrete die Waschküche zum selben Zweck und stoße auf die zerlegte Kiste, ihre Teile sind unordentlich an die Wände gelehnt. Ich schnaube. Ein Störfall, alles ein Störfall.

Ich verlasse die Wohnung, das Gebäude, laufe sechs Blocks weit bis zu dem Park des Viertels. Üppig und wild und voller *crotos* – wie sie hier die Stadtstreicher nennen –, besonders nachts. Ich setze mich auf eine Bank und frage mich, wem ich das alles erzählen kann.

Marah? Wir haben uns schon länger nicht mehr gesehen. Ich kann sie nicht einfach anrufen und ihr gleich mit so was kommen. Unser letztes Treffen war ungemütlich. Wir hatten uns in einer Bar im Zentrum verabredet, in der Nähe ihrer Arbeit, aber ich kam zu spät, und es gab Streit. Der kochte hoch, ich weiß nicht mal mehr, worum es ging. Wahrscheinlich darum, dass sie sich immer beschissen anstellt, wenn bei mir ein neuer Mann auftaucht. Marah ist besitzergreifend und eifersüchtig. »Steh endlich dazu, dass du lesbisch bist«, sagte ich zu ihr. Für sie war das der typische Kommentar eines kranken Schubladen-Hirns: »Du bist einfach eine verklemmte, binäre Schwarze.« Es war zu spät für die U-Bahn geworden, und wir teilten uns ein Taxi, das uns bis zu eben diesem Park, aber auf dessen andere Seite brachte. Wir mussten ihn durchqueren, rannten, weil wir Angst vor einem Überfall hatten. Wir liefen so schnell, dass ich nur noch den in der Dunkelheit schwebenden Abglanz der Umgebung sah. Marah schrie, und ich lachte. Zu diesem Zeitpunkt war der Alkoholschwips zu einer verrückten infantilen Aufregung mutiert. Später gestand sie mir, dass sie ein Acid in das Wasser getan hatte, das wir im Taxi getrunken haben. Und ich hatte fast die ganze Flasche geleert. Es ist mir übel bekommen. Seit dieser Nacht habe ich immer mal wieder Nasenbluten.

Ein Alter läuft auf mich zu. Er ist schmutzig und zerlumpt. Ich stehe auf, will mich entfernen, und der Alte schreit: »Eine Fluppe, komm schon, eine Fluppe!« Ich renne los, aus dem Park raus, und kratze die Kurve zu meinem Gebäude. Der Mond verliert allmählich seine Konturen, aber in der Mitte glänzt er noch hell. Ich betrete unser Gebäude und treffe auf meine Nachbarn: das Ehepaar. Wir nehmen zusammen den Aufzug, begrüßen uns mit einer Neigung des Kopfes. Diese altmodische, protokollarische Geste bestätigt den absoluten Mangel an Affinität zwischen uns. Ich halte sie für anspruchsvoll und selbstbezogen. Wofür sie mich halten, möchte ich mir nicht einmal vorstellen.

»Habt ihr die Katze gesehen?«, frage ich.

»Nein«, sagt sie. »Ist sie denn zurück?«

»Ja, sie war auf meiner Terrasse, aber dann ist sie zu euch gewechselt.«

Sie schauen sich an, als fragten sie einander, ob sie das Tier gesehen hätten.

»Wir haben sie nicht gesehen«, wiederholt sie mit besorgter Miene.

»Vielleicht ist sie weitergezogen«, erwidere ich, »sie wird schon wiederkommen.« Wir verlassen den Aufzug, wünschen uns einen guten Abend. Ich stecke den Schlüssel in das Schloss meiner Tür. »Was du vorhin gekocht hast, roch sehr gut«, höre ich ihn noch sagen.

Ich schaue die beiden an und nicke. Ich gehe hinein. Wieder bete ich, dass niemand da ist, dass sich während meines Spazierganges das Universum einer Autokorrektur unterzogen hat. Meine Mutter liegt im Bett, genauso, wie ich sie verlassen habe, aber bis zum Hals mit meiner weißen Decke zugedeckt.

Wo hat sie ihr Gepäck?

Ihr Atem hat das Zimmer mit diesem vertrauten Geruch nach welken Blumen geschwängert. Der Atem meiner Mutter ist der von Passiflora, eines homöopathischen Wässerchens für die Nerven. Sie kippte es in großen Schlucken in sich hinein, ohne jegliche Indikation außer ihrer Lust, das Bewusstsein einzuschläfern. »Schnaps wäre schlimmer«, pflegte meine Schwester zu sagen, aber beide nahmen wir an, dass sie zu furchtsam war, um ernsthaft zu trinken.

Wie lange will sie bleiben?

Ihr schlafendes Gesicht zeigt keine Pein. Ich denke, diese friedliche Hülle kann man nur im Schlaf sehen, weil der Schlaf uns nicht gehört. Da ist noch etwas anderes, das ihn kontrolliert. Etwas Äußeres, Fremdes. Eine *unsichtbare, ungreifbare, unverständliche, unermessliche* Kraft. Da ist wieder diese Macke. Die Reihung so gut wie siamesischer Worte rutscht mir aus dem Mund, als würde ich sie ausspucken.

Hat sie Geld dabei?

Ich schließe die Tür. Ich lege mich auf den Diwan, den Blick nach draußen, und da taucht Ágata auf der Terrasse auf. Schnell läuft sie herbei, bis kurz vor die

Schiebetür. Sie trägt etwas im Maul, ich kann nicht erkennen, was das ist, bis sie es auf den Boden legt und sich das Maul sauber schleckt: eine mittelgroße Ratte, in die sie die Zähne geschlagen hatte und die aus dem Bauch blutet.

5

Das Geräusch der Dusche weckt mich. Es ist Montag, und montags muss ich zu der Werbeagentur, für die ich gelegentlich arbeite. Fast immer tragen sie mir auf, über Nahrungsmittel zu schreiben: von Nährwert-Informationen bis zur Geschichte des Produkts, die sich meist in einem pompösen, von den Auftraggebern in die Welt gesetzten Mythos kristallisiert. Ich darf nicht jeden Tag zur Agentur gehen, weil ich einen anfechtbaren Vertrag habe und sie dort befürchten, dass ich ihnen irgendwann einmal, wenn sich in mir genügend Schwung oder Verzweiflung angesammelt hat, eine Klage an den Hals hänge. Ich gehe also zu Konferenzen, es werden mir Aufgaben zugewiesen, und man speist mich ab mit Schulterklopfen, aufmunternden Worten, dem einen oder anderen Kompliment, das fast immer die Grenze zum Ungehörigen streift, dazu gibt es eine Tüte voller Gratismuster von Dingen, die ich nicht brauche. Sie landen in der Schublade im Bad, die daher immer voll ist mit Salben gegen Akne, Lösungsmitteln für Haartönungen, Bio-Make up und Xanax. Ich gehe gerne in die Agentur, so komme ich aus dem Haus, ziehe den Pyjama aus, dusche mich und esse in einem Restaurant, wo das Gericht auf einem Teller serviert wird und nicht auf der Terrasse, direkt aus der Tupperdose.

Ich stehe vom Diwan auf und öffne die Jalousie. Es ist bewölkt, der Tag wird kalt. Die Ratte liegt immer noch draußen, das Blut ist getrocknet, die Augen weit offen, wie erschrocken. Ich will sie entfernen, bevor meine Mutter sie sieht, gehe also in die Küche, um eine Mülltüte zu holen, und bin erstaunt, auf der Herdplatte auf niedriger Stufe einen kleinen, dampfenden Topf mit Filterkaffee zu sehen. Der Duft führt mich zurück in das Haus meiner Großmutter, dort wurde der Kaffee frühmorgens in einem rußschwarzen Töpfchen gemacht und auf kleinem Feuer stehengelassen, damit er nicht kalt wurde. Dasselbe geschah mit der Pfanne, in der das Brot geröstet wurde, und wenn wir zum Essen kamen, musste man mit einem Messer die angekohlten Teile abschaben.

Meine Schwester und ich meinten, Vickys Krebserkrankung habe dort ihren Ursprung gehabt: in der täglichen Einnahme dieser schwarzen Kruste, die nie ganz verschwand. Die Arme. In der Endphase glich Vicky einem verdorrten Baum. Ihre Arme und Beine waren rachitische Äste, die Venen blaue Linien, geschlängelt und flach. Nichts war in ihrem Inneren übrig geblieben, ein Knochen ohne Mark. Dank meiner Schwester habe ich das alles erfahren, ihr war jedes Gefühl für die Würde, die eine Leiche beanspruchen könnte, fremd, sie machte Fotos von Vicky und schickte sie mir. Mich hat es erschüttert, sie nicht wiederzuerkennen. Ihre Gesichtszüge waren im physischen Schmerz untergegangen. Alles in ihrem Gesicht offenbarte ihr Leiden. Sie war nackt, ihr Schamhaar erhob sich wie ein dichter, tiefschwarzer Berg, der mit ihrer bleichen Haut kontrastierte. Warum hat niemand sie depiliert, wollte ich meine Schwester fragen, traute mich aber nicht. Sie hätte mir auch nicht zugehört. Sie hat es mir nie direkt gesagt, aber ich wusste genau, was sie dachte: Vicky zu pflegen und sie sterben zu sehen, war ein weiterer Beweis dafür, dass sie ein sehr viel besserer Mensch war als ich. Im Gegensatz zu mir war sie bereit, wegen des Leidens anderer Unannehmlichkeiten auf sich zu nehmen. Ein paar Mal hat Ágata dicke Knödel aus Haaren gebrochen. Beide Male musste ich an die tote Vicky denken und dieses Gebüsch, das ihre Körpermitte zierte.

Ich höre meine Mutter die Schiebetür öffnen und eile nach einem Müllbeutel. Als ich zurückkehre, ist die Ratte nicht mehr da, und sie fegt die Terrasse in einem weiten Morgenmantel aus Baumwolle, der ihre aufgeplusterte Silhouette durchscheinen lässt. Ihr Haar ist nass.

»Ist dir nicht kalt?« Ich beuge mich hinaus und spüre einen plötzlichen Hitzeschwall.

»Hast du schon gefrühstückt?«, fragt sie mich, während sie ein Häufchen Staub auf die kleine Schaufel kehrt und es über den Balkon wirft.

»Nein! Nein!«, rufe ich, »da beschweren sich die Nachbarn.«

Sie reibt sich die Hände am Hintern ab und kommt herein Richtung Küche mit einer entschiedenen Haltung, die ich nicht an ihr kannte.

»Geh duschen, ich mach dir ein paar Eier.«

»Es gibt keine Eier«, murmle ich.

Die Hitze nimmt mir die Luft. Im Bad ziehe ich mich aus, trete in die Dusche und sehe eine riesige Unterhose am Hahn hängen. Sie tropft. Ich nehme sie ab, wringe sie aus und lege sie auf die Ablage neben dem Waschbecken, um sie später zum Wäscheständer auf der Terrasse mitzunehmen. Ich bringe meine Wäsche immer in die Wäscherei. Ich habe einen kleinen Wäscheständer im Wandschrank, den ich früher auf die Terrasse stellte, um die Unterwäsche aufzuhängen; aber seitdem Ágata sich hier eingerichtet hat, verschwinden meine Dessous. Also habe ich mir angewöhnt, sie auf den Heizkörpern zu trocknen; damit wirkt die Wohnung schlampig, wofür ich mich geniere, sogar vor meiner Mutter. Ich beschließe, wieder den Wäscheständer zu benutzen, solange sie da ist.

Ich bleibe eine Weile unter dem lauwarmen Wasserstrahl stehen.

Ich höre die Wohnungsklingel, bete, dass meine Mutter nicht öffnet. Es wird Máximo sein, der fragen kommt, ob ich es geschafft habe, die Kiste zu öffnen. Er wird mich zu Erklärungen nötigen, die ich nicht habe und nicht erfinden mag. Wieder klingelt es. Ich stelle die Dusche ab, trockne mich ab und gehe ins Handtuch gewickelt ins Wohnzimmer.

»Mami?«

Man hört sie nicht. Ich gehe an den Türspion: Es ist der Nachbar. Seine Frau heißt Erika, an seinen Namen erinnere ich mich nicht.

»Ja?«

Ich sehe, wie er sich dem Spion nähert, als sei dieser ein Mikrofon. Seine Augenbrauen sind luftige Fussel, seine Haut ist vom Typ, die bei bloßem Augenkontakt rot wird. Nervöser Blonder, neigt zu Ausschlag. In Argentinien muss es einen Phänotyp geben, auf den diese Beschreibung passt.

»Hallo, es ist nur, ich glaube, die Katze ist wieder aufgetaucht.«

»Ah, ja, wie schön.

»Tatsächlich habe ich sie noch nicht gesehen.«

»Ach so?«

Der Dialog durch die Tür ist bizarr.

»Kannst du einen Augenblick öffnen?«

»Entschuldige, aber ich hab nur das Handtuch um, und ich muss gleich zur Arbeit.«

Er rückt von der Tür ab, und ich sehe sein rotes, gequältes Gesicht, sein blaues Hemd und sein schütteres Haar. Das Flurlicht kennt keine Gnade. Er blickt auf einen Beutel, den er mit Anzeichen des Ekels in der Hand trägt.

»Schau mal«, sagt er, »es ist nämlich etwas auf unserer Terrasse aufgetaucht, und meine Frau sagt, du hast es rübergeworfen. Es ist etwas sehr Unerfreuliches und …«

Ich öffne die Tür. Der Nachbar weicht instinktiv zurück und entschuldigt sich. Ich beuge mich über den Beutel, der sich in seiner Hand wiegt, und ein Schauder erfasst mich. Ich schüttle heftig den Kopf.

»Das kann nicht sein.« Ich knote das Handtuch fester, der Flur ist eisig und der Nachbar stumm. Er versucht wegzuschauen, kriegt aber nicht die Augen von mir weg, denn für einen Mann (fast jeden Mann) gehört eine Nachbarin (fast jede Nachbarin) im Handtuch wohl zu den üblichen Fantasien.

»Alles in Ordnung?«, Erika hat die Tür ihrer Wohnung geöffnet. Es ist klar, dass sie durch den Spion das ganze Gespräch beobachtet hat.

»Ich habe das da nicht auf deine Terrasse geworfen«, sage ich zu ihr, und der Ehemann windet sich in Entschuldigungen und geht mit kleinen, schnellen Schritten rückwärts, ein scheues Verhalten, das mich an ein Seidenäffchen erinnert. Erika fixiert mich weiter, bis er bei der Tür angelangt ist, sich umdreht und entwischt. Ich bin schon dabei, meine Tür zu schließen, als sie ausholt:

»Ich hab dich gesehen.«

»Und nun?« Mein Chef trinkt Mate. Er wirkt übermäßig entspannt. Vielleicht hat er etwas geraucht. Oder heute Morgen Sex gehabt. Er hat mal zu mir gesagt: »Versuch's doch mit Sex am Montag, dann kommst du entspannter zur Arbeit.«

Sein Name steht auf einem Schildchen an der Hemdtasche – *Eloy*, mein Chef heißt Eloy –, allerdings ist es kein richtiges Schildchen, sondern ein mit Filzstift beschriebener Papierstreifen, den sich bei Besprechungen mit Kunden alle auf die Brust kleben: So verliert man keine Zeit beim Vorstellen. Heute ist das nicht der Fall, aber als die Sekretärin ihn in den Konferenzsaal gehen sah, ging sie davon aus, dass sie den Streifen bringen und ihn mit zarten Klopfbewegungen an sein Hemd kleben sollte. Sie ging auch davon aus, dass sie einen Berg Croissants auf einem Tablett bringen und dieses genau in die Mitte des Tisches zu stellen hatte. Eloy und ich sitzen im Konferenzsaal, weil in seinem Büro ein Techniker Programme im Computer installiert. Der Raum ist zu groß für zwei Personen.

»Was nun?«, frage ich.

»Erzähl mal, wie's bei dir steht.«

»Sollten wir nicht lieber in die Cafeteria gehen? Hier ist es ja so, als ob man in einem Stadion spricht.«

»Cafeteria«, lacht er. »Wann lernst du richtig sprechen. Bar, das heißt Bar.« Er streckt den Arm aus und greift sich ein Croissant.

Ich gehe es im Kopf durch: Ich sage nach wie vor *cafetería* statt *bar*, aber den Gehsteig nenn ich argentinisch *vereda* und nicht *acera*, wie bei uns. Ich sage zum Kühlschrank *nevera* und nicht wie hierzulande *heladera*. Dafür sage ich *manteca* statt *mantequilla* für Butter wie überall sonst. Zur Bohne sage ich *habichuela* und nicht argentinisch *chaucha*. Und es versteht mich hier jeder, wenn ich die Artischocke *alcaucil* und nicht *alcachofa* nenne. Vor allem aber sage ich nie das landestypische *vos*, sondern immer noch *tu*, wenn ich jemanden duze. Eloy kaut sein Croissant und deutet mit dem Kinn auf die Platte: »Die sind gut, iss doch eins.« Ich schüttle den Kopf: »Ich habe schon gefrühstückt.«

Pikantes Rührei, Käsehörnchen, Milchkaffee, Maulbeersaft. Alles steckt im Kropf, wie bei einem Truthahn.

»Na gut«, sagt er kauend. »Red weiter.«

Ich wende den Blick zum Fenster. Man sieht auf den Fluss. Seit zwei Jahren arbeite ich für Eloy, man kann sagen, dass wir ein Vertrauensverhältnis haben. Dennoch weiß ich sehr wenig über sein Privatleben. Für einige in der Agentur hat Eloy *issues*. Welche denn? In der heimlichen Chronik der schlechten Behandlung heißt es: Keiner sieht es ihm an, aber wenn er wütend wird, gleicht er einem Mörder. Absurd, bei passender Beleuchtung sieht jeder wie ein Mörder aus. Und »ein Problemchen mit dem Alkohol«, heißt es, auch das ein *issue*. Nicht etwa dass er sich in der Arbeitszeit betrinkt oder sich bei den Events peinlich benimmt, nur kommt er manchmal aufgedunsen ins Büro. Vielleicht stimmt sein Flüssigkeitshaushalt nicht, sagte ich, als jemand boshaft davon erzählte. Nein, sie, seine täglichen Mitarbeiter, wissen mehr. Sie sprechen ihn an oder auch nicht, je nach Grad der Schwellung, die sein Gesicht morgens aufweist. Sie kritisieren auch, dass er sich vor den Präsentationen für die Kunden mit Gel kämmt: »Es muss ihm mal jemand sagen, dass er nicht Don Draper ist.« So tuscheln sie hinter seinem Rücken, ersticken ihr Lachen, wenn er vorbeigeht, und er tut so, als bemerke er nichts davon. Für mich ist es offensichtlich, dass er sich minderwertig fühlt. Er ist umgeben von jungen Ästheten, die darin geübt sind, ihre Überlegenheit zu beweisen, auch – oder vor allem – ihrem Chef gegenüber. Er lebt seit Jahren hier, aber geboren und aufgewachsen ist er im Landesinneren, in einer dieser reichen Familien, die konventionell und ländlich schlicht sind, was man in Buenos Aires geringschätzt. Einmal hat einer der Kreativen – ein tätowierter Schlaks, androgyner Typ – mir erzählt, dass Eloy gar nicht Eloy heißt. Und wie hieß er früher? »Er hieß Horacio, der Arme, kannst du dir einen uncooleren Namen vorstellen?« Seine Sekretärin führt seine *issues* auf seine gerade vollzogene Scheidung zurück: »Der Arme weiß nicht, wohin mit dem Gewicht seiner Hörner.« In seinem Büro steht ein Foto von ihm und einem Jungen im Skianzug. »Ist das dein Sohn?«, fragte ich eines Tages. Er nickte: »Aber ich sehe ihn selten.« Ich habe nicht kapiert, ob das seltene Sehen ihn weniger zu seinem Sohn machte. Oder ihn selbst weniger zum Vater.

»Was ist mit dir heute los?«, sagt er und schluckt den Rest seines Croissants runter. »Du bist irgendwie sonderbar.«

Wenn ich ihm erzähle, dass meine Mutter bei mir ist, wird er sich wahrscheinlich auch fragen, wie es sein kann, dass er nach so langer Zeit so wenig über mich weiß. Wollte ich ihm diese Information geben, würde ich ihm natürlich nicht die komplette Version mitteilen, sondern nur nebenbei bemerken: »Meine Mutter ist zu Besuch«, oder besser, »Meine Mutter ist bei mir *eingefallen*.« Selbst so erscheint es mir nicht angemessen. Wenn uns Leute in einem Arbeitskontext Privates mitteilen, sehen wir sie plötzlich als Behälter, die mit etwas zu füllen sind, mit weiteren Informationen. Es ist nie genug, immer wollen wir noch mehr wissen, werden unersättlich: Deine Mutter? Wie alt ist sie? Wie lange bleibt sie? Versteht ihr euch gut? Besser nicht an so einem Faden ziehen. Besser diese Tür nicht öffnen.

»Ich bin noch am Grübeln«, sage ich ihm, »ich bin mir nicht so sicher, was genau man von mir haben will.«

Eloy wirkt nicht mehr so entspannt.

»Was ist für dich unklar geblieben?«

»So habe ich es nicht gemeint, es ist alles klar. Mir ist heiß.«

»Okay.« Er legt seine Handflächen auf den Tisch, will meine Auslassung zurückdrängen. »Deine Aufgabe ist, ein kurzes und sympathisches Porträt einer

Kuh zu schreiben, die glücklich ist, weil sie in Freiheit lebt, Gras frisst und friedlich stirbt. Wozu? Damit ihr Fleisch optimal schmeckt.«

Ich nicke: »Ja, habe ich verstanden.« Ich will nur weg.

»Lass dich inspirieren, genieß den Schreibprozess, das ist doch eine nette Arbeit.«

Wenn ich an mein Leben in Buenos Aires denke, mach ich das im Rahmen einer Besetzung: Hauptfiguren, Nebenfiguren. Ich stelle mir eine Person vor, die mich kennt, und versuche zu ergründen, worin ihre Komplexität besteht, wo ihre moralischen Knickkanten liegen. Meistens bin ich mir da nicht sicher und verfahre intuitiv. Dann frage ich mich, wie sie in einem Prozess gegen mich aussagen würden. Mir ist nicht klar, aufgrund welchen Verbrechens ich angeklagt bin, ich frage mich aber, ob es wirklich auf die Art des Verbrechens ankommt, ich will wissen, ob jemand in der Lage wäre, mich auch jenseits dessen, was ich tue, zu verteidigen.

»Okay«, sage ich.

In einem Prozess gegen mich würde Eloy ins Zögern geraten.

»Super, Spätzchen.«

Ab und zu nennt er mich »Spätzchen«. Ich nehme an, das ist eine Mischung aus Paternalismus und Irritation.

»… und falls du nochmal zu dieser Koppel willst, auf der sie die Kuh halten«, sagt er, »sie dir angucken oder mit ihr plauschen, was auch immer, dann nur zu. Den Weg kennst du ja.«

»Alles klar.«

»Hast du schon angefangen?«

»Ja.«

»Genial.«

»Genial.«

»Alles klar.« Er patscht ein paar Mal mit der Handfläche auf den Tisch. »Ich erwarte den Text am Freitag.«

Freitag? Ich nicke.

»Wie viel fehlt dir noch?«

Er mäßigt sich, ich kenne diesen Ton schon. Er hat Angst davor, mir zu viel Druck zu machen, nicht dass ich eine Arbeit hinschmeiße, für die er so schnell keinen anderen findet. Das ist einmal passiert, und ich bin nicht stolz darauf, aber manchmal packt mich ein derartiger Überdruss, dass ich nicht fähig bin, auch nur einen Satz zu Trockenfrüchten, einem Kunstevent oder dem Sinn des Lebens zu schreiben. Egal was. Alles stößt auf meine plötzliche Apathie und zerschellt daran. Damals, nachdem ich Eloy mit einer mir aufgetragenen Arbeit sitzengelassen hatte – ein anspruchsloser Text über eine Mehlsorte aus Lila Mais –, haben wir bei einer Feier in der Agentur darüber gesprochen. Vielleicht ein Geburtstag. So gut es geht, habe ich versucht, ihm diese Macke zu erklären, die für mich so etwas wie ein Geburtsmal ist. Ich habe mich darum bemüht, nicht zu nachsichtig mit mir selbst zu sein, aber ich habe ihm auch nicht die Kehle zum Biss dargeboten, denn, so pedantisch das klingen mag, ich fühlte, dass ich das Recht hatte, nicht zuverlässig zu sein. Es war richtig, das klarzustellen, auch wenn das meiner beruflichen Zukunft schaden konnte: Von jetzt an musst du dessen gewärtig sein, dass ein Auftrag an mich die Möglichkeit einschließt, dass ich ihn auf halbem Wege aufgebe. Das etwa war der Ansatz. Und damit sollte ich in diesem Geschäft einer Anwandlung von Würde am nächsten kommen.

»Ich kenne wenige Menschen, die so etwas über sich selbst sagen können«, sagte Eloy damals zu mir, einen Plastikbecher in der Hand, darin ein neuer (also saurer) Wein, den ein Kunde geschickt hatte.

Es habe eben keinen Sinn, andere über etwas zu betrügen, über das man sich selbst nicht betrog, erklärte ich ihm. Ich litte an dem Laster der Introspektion, das heißt, ich dachte viel über mich nach und zog jede Menge Schlüsse daraus. Ich kannte mich also gut und mochte mich demzufolge nicht so sehr, als dass ich Zeit damit verschwenden wollte, mich zu verteidigen: »Menschen mit großer Selbstachtung haben sich nicht gut genug beobachtet«, sagte ich. Es war ein Abend für Grundsätzliches.

Er antwortete mir, dass ich nie erfolgreich sein würde, das habe er in einem Buch gelesen: Erfolgreiche Menschen neigten nicht zur Introspektion. Leute wie ich hingegen, die viel Zeit mit den eigenen

Gedanken verbrachten, die wenig mit der konkreten Welt verbunden waren, kämen in keiner der Unternehmungen, die sie angingen, voran, so unbedeutend diese auch seien. Und das war noch nicht alles, in dem Buch stand auch, dass ich nicht in der Lage wäre, irgendeine Seuche zu überleben.

Ich trank den jungen Wein aus meinem Einwegbecher. Ich nickte, auch wenn mir das mit dem Buch unsinnig erschien. Wie so viele Male, wenn ein Gespräch an einem toten Punkt anlangte, stellte ich mir vor, bis zum Hals in einem lauen Meer zu treiben und jenen, die am Ufer standen, ein empathisches, angenehmes Lächeln zu schenken, während ich unter Wasser heftige Fußtritte austeilte.

Die Feier löste sich allmählich auf, und Eloy gab immer noch ermattende Phrasen von sich, um die Rückkehr in sein einsames Loft hinauszuzögern.

Ich sah ihn vor mir, wie er die Tür seiner Wohnung öffnete, die Schwelle überschritt und sich in einen Raum begab, in dem ein anderer atmosphärischer Druck als draußen herrschte. Eloy würde Mantel und Schuhe ausziehen und in Socken zu der Bar tappen, die er sich hatte bauen lassen – Holz, Glas, viel LED – und von der er uns bei einer Versammlung im Büro Fotos gezeigt hatte. Danach würde er sich in seinen Sessel fallen lassen und auf seinem Handy etwas Vorhersehbares googeln wie »große Titten«, sich schließlich langweilen und sich dem Fenster widmen, in dem das Morgengrauen zu sehen wäre. »Manchmal ist mir, als ob meine Tage identisch sind«, hatte er zuvor mit schwerer Zunge gesagt. Und dann zitierte er einen Vers von einem Gedicht aus einem Netflix-Film: »Die Sonne geht auf und nieder wie eine müde Nutte, das Klima reglos wie ein kaputter Schwengel, indes wirst du alt.« Und das war ihm Einleitung genug, um mich zu küssen, ich aber wich ihm aus, worauf er, um einen Sturz abzuwenden, sich mit den Händen auf meinen Schultern abstützte. Da entdeckte ich, dass Eloy einer dieser Männer ohne Gewicht war. Ein Rätsel der Physik: Er hatte Knochen, hatte Fleisch, war von mittlerer Größe, aber ihn mir vom Hals zu schaffen war wie eine Papierpuppe wegzuschieben. Er entschuldigte sich. Ich sagte: »Alles gut, nichts passiert.« Und so war es. Das Thema kam nie wieder auf. Es gab kein Thema. Was aber passierte, war, dass Eloy, gewarnt vor meiner Unvorhersehbarkeit, mir von da an bei jedem Auftrag auf den Fersen blieb, als wäre er nicht mein Chef, sondern mein therapeutischer Begleiter. Wenn er mit einem Kunden oder einem Kollegen über mich sprach, zählte er laut meine Stärken auf, während seine Augen Warnzeichen abgaben: Vorsicht, Vorsicht, gute Werbetexterin, aber leicht durchgedreht.

»Sag schon«, insistiert Eloy, »wie viel fehlt dir noch?«

Ich schaue auf das Fenster: »Nicht viel«, antworte ich.

6

Der Abend fällt ein, Axel ruft an. Er sagt, er hat einen fantastischen Fisch im Barrio Chino ergattert und möchte ein Ceviche zubereiten.

»Hast du Eis?«

Ich gehe in die Küche, öffne das Tiefkühlfach.

Ich frage mich, wie ich ihm von meiner Mutter erzählen kann. »Nein, habe ich nicht.« Ich öffne den Kühlschrank: Er quillt über wie noch nie. Ich kann ihm nicht von meiner Mutter erzählen.

»Dann besorg ich was. Ich muss diese Kreatur bei Laune halten, und es ist nicht so sicher, ob dein Kühlschrank ordentlich funktioniert.«

Um ihm von meiner Mutter zu erzählen, müsste ich mich zurückversetzen an den Anbeginn der Zeiten: Chaos, Dunkelheit, das Fehlen von Sprache und Sinn.

»Tja.« Ich gehe mit dem Handy zurück zum Diwan und setze mich. Wie spricht man ohne Sprache?

Draußen auf der Terrasse bügelt meine Mutter. Sie trägt eine schwarze Hose und eine geblümte Bluse, die am Rücken spannt. Um den Kopf hat sie ein Dreieckstuch gebunden, was mich an meine junge Mutter erinnert, mit ihren tiefschwarzen, aufgewühlten Löckchen, die sich an den Seiten hervordrängten. Jetzt hat sie geglättetes Haar, braun-rötlich gefärbt, im Eichhörnchen-Ton. In dem dortigen Klima muss man wissen, wie man die Tinkturen mischt. Die Gefahr ist die Sonne, die auf die Chemikalien so heftig wie eine Strafe wirkt: Aus Blond macht sie Grün, aus Mahagonibraun Rot, aus Schwarz Blau.

»… es gibt ja immer nur lauwarmes Wasser und geschmolzene Butter.« Axel spricht weiter von meinem Kühlschrank. Es macht ihm Spaß, meine elektrischen Geräte niederzumachen, er sagt, sie sind teuer und dumm. Und dass ich zu viele davon habe. Das stimmt. Es stimmt auch, dass ich sie selten oder nie benutze. Mich erschüttert das nicht, für mich stellen sie Versprechen dar, und wer bräuchte keine Versprechen?

»Ach, weißt du«, sage ich »heute kann ich nicht.«

»Was kannst du nicht?«

»Ich muss arbeiten.«

Er schweigt. Es dürfte das erste Mal sein, dass ich einen Vorschlag abblocke. Wir sind noch nicht lange zusammen, aber klar ist, dass er das operative Feld bestimmt: Was wir wann machen, wo wir schlafen, was wir essen. Er wirkt sicher in dieser Rolle. Für mich ist das eine Erleichterung. Ich hasse es zu planen, hasse es, einen Plan auszuführen, und ich hasse es zu wissen, dass ich nie auf der Höhe meiner Erwartungen agiere: Alle Pläne, die ich mir je ausgedacht habe, um einen Partner zu beeindrucken, sind bereits bei ihrer Konzeption gescheitert. Erleichternd ist auch, dass Axel so schnell meine mangelnden Fähigkeiten in diesem Bereich erkannt hat, weil das jeden Simulationsversuch meinerseits abwürgt. Wenn Axel also kocht, sorge ich für die Begleitung: Ich mixe einen Drink, wähle die Musik und den Gesprächsstoff. Ich habe bereits getestet, welche Themen zu uns passen und welche nicht so anregend sind. Bis jetzt ist es bei Axel am wirksamsten, den Punkt anzusteuern, wo sich unsere Hoffnungslosigkeit trifft. Axel bedrückt jeder Ausdruck von Optimismus, so wie Wirrnis und Enttäuschung andere Leute bedrücken. Bei mir ist das ähnlich, aber überzeugender, da ich allein bin. Ich muss keinem vormachen, mir im Grunde zu wünschen, dass die Welt mir gefällig ist. Die Minuten, die ich alle zwei Wochen dem Gespräch mit meiner Schwester widme, sind meine einzige Konzession: Ich wiege meine Schwester in dem Glauben, dass, so seltsam es ihr auch erscheinen mag, dieses stille und graue Leben mein persönliches Paradies ist. Dass ich nichts weiter erwarte. An manchen Tagen stimmt das. An den Tagen mit Axel, zum Beispiel. Mich rühren unsere alltäglichen Rituale. Wunderliches und Besonderes gemeinsam genießen: Ich habe Fisch gekauft, ich mach dir ein Ceviche, ich mixe einen Drink, stelle Oliven bereit. Gefällt Dir dieser Song? Wenn darauf der Fokus liegt, ist die Welt zwar nicht plötzlich eine bessere, natürlich nicht, sie wird aber übersichtlicher.

»Bist du noch da?«, frage ich.

»Ja. Also«, zögert er, »dann treffen wir uns ein andermal?«

Ich stelle ihn mir an einer Ecke im Barrio Chino vor, mit der Fischtüte, die sehr nah an seinen Schuhen tropft, und einem kleinen Riss in seinem Selbstvertrauen.

»Machen wir.«

»Wenn du magst.«

»Ich mag.«

»Okay.«

Und in dieser einfachen Szene bekommt unsere romantische Geschichte etwas Zähes, Unerklärliches. Sie wird komplexer. Aus dem kleinen Riss wird etwas sprießen, das wir noch nicht kennen. Die bis dato geteilte Wahrnehmung, es sei besser, die Zeit zusammen zu verbringen als allein, hat sich gerade getrübt. Wie wenn zwei Kinder aufhören, an eine gemeinsame fantastische Geschichte zu glauben – an etwas, das für sie so real war wie für alle anderen unsichtbar. Da ist derjenige, der zuerst dahinterkommt und den anderen ins Bild setzt, ihn damit selbstverständlich verletzt, aber das ist nicht seine Schuld. Meine Freundin Marah hätte gemeint, dass es leichter gewesen wäre, ihm die Wahrheit zu sagen. Welche Wahrheit? Die einzig mögliche: Meine Wohnung ist besetzt, hier passt jetzt gerade keiner mehr rein. Da ist sie, die auf der Terrasse bügelt, und da bin ich, die sie von drinnen beobachtet; und da ist dieses unsichtbare Band, das manchmal eine Erfindung zu sein scheint, manchmal eine warme Umarmung und manchmal eine Zwangsjacke.

In der Stadt ist es niemals Nacht, das ist wohl der Hauptunterschied zum Land, dem Meer oder der Wüste. Landschaften mit offenem Horizont.

»Sie schalten nie die Lichter aus, stimmt's?«, auch meine Mutter stellt das fest.

»Stimmt.«

Wir sitzen auf der Terrasse, getaucht in die Schatten der Platanen, und trinken einen Lindenblütentee. Sie heißen zwar *plátanos*, habe ich ihr vorhin erklärt, sind aber nicht wie unsere *plátanos*, es sind andere Bäume, sie tragen weder Bananen noch sonst was, werfen dafür pausenlos, ruhelos ihre Blätter ab, was beklommen macht. Wir aßen wie daheim *carne desmechada*, also Fleischstreifen mit Gemüse geschmort, dazu frittierte Yucca, keine Ahnung, wo die herkommt. Als ich danach fragte, sagte sie: »Habe ich mitgebracht.«

»Ach ja?«

»Klar doch.«

Die Hitze vergeht nicht. Ein merkwürdiger Herbst, es ist so feucht, dass mir das Haar am Schädel klebt, als hätte ich es mit Öl eingeschmiert. Die Brise ist zu schwach, um das Unbehagen zu lindern. Meine Mutter aber sieht prächtig aus: Sie schwitzt nicht, was äußerst erstaunlich ist bei einer Person, die das ganze

Leben lang an einer nie diagnostizierten übermäßigen Schweißentwicklung gelitten hat.

»Ist dir nicht heiß?«, frage ich.

Sie schüttelt den Kopf.

Sie fixiert das Skelett des im Bau befindlichen Gebäudes. Mir geht es in manchen Nächten genauso: Die von außen mit starken Scheinwerfern beleuchtete Struktur gleicht einem Kunstwerk. Ich frage mich, ob meine Mutter nicht vielleicht einmal um den Block gehen mag, mir fällt ein, dass sie die Wohnung seit ihrer Ankunft vor zwei Tagen nicht verlassen hat. Dabei hat sie von touristischen Attraktionen geredet. Wo denn Tango getanzt werde – ich hasse Tango –, wann sie denn das »Monumental«, den »Gallinero«, das Stadion von River Plate, besuchen kann – mir bereitet Fußball Kopfweh, und meine Mutter habe ich niemals ein Spiel anschauen sehen –, ob ich mir nicht ein paar Tage frei nehmen könne für eine Reise in den Süden, um zu sehen, wie der Eisberg Perito Moreno kalbt. Ich erklärte ihr, dass dies nicht dann geschieht, wenn man es anzusehen wünscht, es gebe keinen Knopf, um das in Gang zu setzen, das gebe es nur alle vier Jahre oder alle zwei, je nach Klimalage. Alle zwei oder vier Jahre, das hatte ich gehört. »Wann war denn das letzte Mal?«, fragte sie. Ich hatte keine Ahnung. Vielleicht haben wir ja Glück, und es trifft gerade uns, sagte sie. Mir wurde es lästig. Ich antwortete nicht mehr, tat so, als sei ich voll auf den Computerbildschirm konzentriert. Ich habe Argentinien nie bereist, und da mir das nicht in den Sinn gekommen ist, hat es mich vermutlich auch nie interessiert. Dass ich hier lebe, ist ein Zufall, es könnte auch jeder andere Ort sein. Die Geografie bestimmt die Postadresse für die Pakete meiner Schwester und nicht viel mehr. Der Rest – Rechnungen, Korrespondenz, Aufträge – erreicht mich per Mail. Meine Superpower, hatte ich einmal zu Axel gesagt, besteht allein in meiner Fähigkeit, das, was ich tue, in jedem Einzimmerapartment auf dem Planeten erledigen zu können – eine anständige Internetverbindung vorausgesetzt. Ich bin oft umgezogen, ohne größere Einbrüche. Das Geheimnis war, mit dem unerlässlichen Minimum zu leben, nicht sesshaft zu werden. Axel drückte mich an sich: »Wow«, sagte er, »von hier nach da wie ein Monarchfalter.«

Tatsache ist, dass meine Mutter diese Ziele erwähnt hatte, als ich aber sagte, »lass uns spazieren gehen«, griff sie nach dem Staubwedel und wechselte das Thema. Also sind wir weiterhin hier eingeschlossen, Gefangene unserer Verwirrung. War sie nicht eher klaustrophobisch gewesen? In der Tat. Einmal hat sie das Auto auf der Avenida Santander stehen lassen, eine gute Stunde lang, und war nach Luft schnappend zur Uferpromenade gerannt. Meine Schwester und ich waren, große Ballons aus fuchsienfarbenem Kaugummi blasend, gefangen zurückgeblieben. Von den anderen Autos aus wurden wir angepöbelt. Nach einigen verzweifelt tiefen Atemzügen drehte meine Mutter sich um und schrie: »Ihr Missgeburten! Seht ihr nicht, dass ich ersticke?«

»Wozu bist du gekommen?«, frage ich sie.

Sie antwortet nicht. Wenn sie gekränkt ist, verstummt sie. »Möchtest du wirklich nicht raus auf einen Spaziergang?«, beharre ich.

»Ich bin nicht zum Spazieren gekommen.«

Sie ist mehr nachtragend als klaustrophobisch.

»Egal«, sage ich, »lass uns gehen.«

Ich erhebe mich vom Stuhl, sie folgt mir. Drinnen nehme ich den Schal, den ich ihr am ersten Tag geliehen hatte, und wickle ihn um ihren Hals. Wir gehen aus dem Haus. Die ersten beiden Blocks lassen wir schweigend hinter uns. Sie sieht alles an, als müsse sie einen Bericht darüber verfassen und wolle kein Detail übersehen. Ich weiß nicht, welche Art von Dingen die Neugier meiner Mutter wecken. Ich weiß, seit ich acht oder neun geworden war, fast nichts über meine Mutter: Also seit sich meine Schwester weigerte, weiterhin an das Haus am Strand zu fahren. Vom Rest meiner Kindheit habe ich nur wenige und diffuse Erinnerungen. Da waren meine Großmutter und meine Tante Victoria, stets mit irgendwas beschäftigt. Es war erstaunlich, wie sie in ständiger Beschäftigung lebten, nie setzten sie sich, nie legten sie sich hin, außer nachts zum Schlafen. Falls eines Tages ein Dolch ihr Herz durchstieße, sie würden sich weiter bewegen – den Tisch decken, die Teller abtragen, den Patio wischen –, bis sie verblutet wären. Dann gab es meine Onkels, sie waren viele, wimmelten durch das Haus meiner Großmutter, und stets verlangten sie etwas: Essen, die Zeitung, den Milchkaffee, geputzte Schuhe, die Rum-Flasche, ein winziges Radio, aus dem brutales Geschrei erklang. Und dann schwebte immer dieser Schicksalsschatten über uns. Irgendwann habe ich wohl meine alten Erinnerungen gelöscht, um im Kopf Platz zu schaffen für neue. So wie wenn man mehr Platz im Schrank braucht und alte Kleidung wegwirft, selbst wenn sie noch in gutem Zustand ist. Wie auch immer, diese Frau ist meine Mutter, selbst wenn ich mich nicht an das Gefühl erinnern kann, ihre Tochter zu sein. Und dieses Loch in den Empfindungen gleicht nicht dem, das vergessene Lieder hinterlassen – die kehren an einem melancholischen Abend aus dem Nichts zurück, unversehrt und kraftvoll. Ich weiß nicht ganz, was dieser Empfindung gleicht, aber dann und wann, um sie mir zu erklären, durchquert mich ein Hologramm meiner selbst, das mich in einem Kleid zeigt, das ich nicht wiedererkenne und das ich weder hübsch noch hässlich finde, obgleich ich es mir nicht ausgesucht hätte. Das Hologramm sagt mir: »Du warst hin und weg von diesem Kleid, du hast ein Vermögen dafür ausgegeben, und jedes Mal, wenn du es anzogst, fühltest du dich wie ein Model.« Und nachdem ich es sorgsam betrachtet und seine Harmlosigkeit festgestellt habe, antworte ich: »Dieses Kleid?«

Wir erreichen den Park, es ist keine günstige Zeit, um sich auf eine Bank zu setzen. Vielleicht gibt es auch keine günstige Zeit, um sich auf eine Bank zu setzen, weder in diesem Park noch in irgendeinem anderen. Máximo sagt, die Stadt sei überflutet von den Obdachlosen mit ihren Matratzen auf den Gehsteigen. »Zombies«, nennt er sie, und wenn er einen vor unserem Gebäude schlafen sieht, schüttet er einen Eimer Waschlauge auf ihn und versteckt sich. Manchmal entdeckt er ganze Familien, und auch die spritzt er nass.

»Nicht sehr schön hier«, sagt meine Mutter und reibt sich wieder die Arme. Diesen Tick kannte ich nicht an ihr. Ich schau mich um: eine fettleibige Frau und ein winziges Kind, das im Abfall wühlt.

»Keine Sorge.«

»Ist das hier ein gutes Viertel?«

Ich bemühe mich gar nicht erst um eine Antwort. Da liegt ein weites Feld zwischen ihrer und meiner Vorstellung von einem guten Viertel. Der Begriff »gutes Viertel«, denke ich, ist mir völlig fremd.

»Wie steht's mit dem Haus?«, frage ich, aber sie reckt sich und redet über Blumen. Ich sollte Pflanzen auf meiner Terrasse haben, Blumen sind gute Gesellschaft.

»Ich kann nichts pflegen«, sage ich.

»Da gibt es diese Blumen, die Stiefmütterchen heißen«, fährt sie fort, »die sind hübsch, pflegeleicht und machen etwas her.«

»Wohnst du noch in dem Haus?«, insistiere ich.

»Haus«, schnaubt sie, »das ist kein Haus, sondern eine Marter. Kein Tag, ohne dass etwas passiert: Die Pumpe geht kaputt, der Brunnen trocknet aus, Motten dringen ein, Moskitos, ein Schwein ertrinkt, keiner weiß wie, das Maultier bricht sich ein Bein, und man muss es erschießen. Und immer so weiter.«

»Ah ja.«

»Neulich haben sie einen alten Mann auf dem Nachbargrundstück tot aufgefunden. Ich wusste nicht einmal, dass da jemand wohnt. Ich weiß nicht, was dieses Haus umgibt, ich weiß nicht, was da draußen ist, ich weiß ja nicht einmal, was drinnen ist.«

»Draußen ist nichts.«

»Als ob es dahintreiben würde.«

Ich sah das Haus in einer Wolke schweben: Nie war es meiner Erinnerung so ähnlich gewesen.

»Und keiner sieht mich. Leute kommen rein und gehen raus und sehen mich nicht.«

»Wer geht da rein und raus?«

»Vielleicht weil ich alt bin und keiner die Alten sieht, außer wenn sie sehr seltsame Dinge tun.«

»Was denn für welche?«

»Ich tue gar nichts. Ich sitze nur still da und höre diese Geräusche, die von allen Seiten auf mich zukommen, ich weiß nicht recht woher.«

»Geräusche?« Ich denke an das Toben des Meeres. Für mich ist das nie verschwunden. Manchmal träume ich nachts, dass die Wellen die Gestalt eines

Löwen annehmen, der das Haus verschlingt, das Grundstück, die Pflanzen, die Tiere, den Jeep, die Schubkarren und alles, was zwischen Strand und Landstraße liegt.

»Ich weiß nicht. Manchmal kommt das Klacken der auf den Tisch schlagenden Dominosteine zu mir und das Geschrei dieser Schwarzen, die da ziellos herumstreunen.«

Da nähert sich der Mann von neulich. Mein Körper spannt sich an.

»Eine Fluppe!«, schreit er.

Meine Mutter springt erschrocken auf und läuft in die andere Richtung.

»Ne Fluppe, du Fotze!«, schreit der Alte, und sie versucht schneller wegzukommen, aber ihre Füße verheddern sich, und sie knallt vornüber auf den Asphalt, o je, die Nase.

Ich stürze zu ihr hin, hebe sie hoch und suche eine Bank, auf die ich sie setzen kann. Sie weint nicht, klagt nicht, aber aus ihrer Nase quillt ein Blutschwall, den ich nicht zu stoppen weiß. Der Typ zieht weiter, murmelt etwas vor sich hin, das ich nicht verstehe.

»Scheißirrer«, sage ich leise.

Ich benutze den Schal, um sie zu säubern. Ich drücke den Stoff gegen ihre Nase, versuche so, das Blut aufzufangen, aber stattdessen verwische ich es, schmiere sie damit voll. Ihr Gesicht ist nun dunkel, feucht und glänzend. Nur die braune Iris kann ich im gelblichen Weiß unterscheiden. Ich fixiere sie, warte auf eine Reaktion. Sie steht von der Bank auf und läuft, sich das Gesicht abwischend, los.

»Geht es denn?« Ich folge ihr.

»Los jetzt.« Sie beschleunigt, als würde sie verfolgt. Ich nehme sie am Arm, sie fühlt sich eiskalt an, und führe sie zu unserem Gebäude. Ich bete darum, keinem zu begegnen, und begegne keinem. Oben angekommen behandle ich sie mit Jod und lege ihr Verbandsmull auf den Nasenrücken, der rund um die Abschürfung angeschwollen ist. Jetzt sieht es nicht mehr so schlimm aus, das Blut hat mich erschreckt.

Sie geht ins Badezimmer.

Den blutigen Schal tauche ich im Küchenbecken in Seifenwasser. Es bildet sich brauner Schaum, mir wird übel, und ich renne in die Waschküche. Ich laufe gegen die Seitenwände der auseinandergelegten Kiste, kratze mir die Arme auf beim gewaltsamen Versuch, mich in die Lücke zwischen dem Becken und der Wand, an der die Bretter lehnen, zu drängen. Ich übergebe mich. Drehe den Hahn auf, wasche mich und gehe ins Wohnzimmer. Dort setze ich mich auf den Diwan und warte auf sie. Ich drücke mit dem Fuß auf den Schalter der Stehlampe, aber sie geht nicht an: ganz vergessen, sie ist ja kaputt. Seit Jahren mache ich, wenn es dunkel wird, dasselbe: Gehe ins Wohnzimmer, setze mich auf den Diwan, trete auf den Schalter der Stehlampe, der rund, groß und golden ist und, wenn ich den Fuß wieder hebe, ein Geräusch macht, das dem Schnalzen der Zunge am Gaumen ähnelt. Die Deckenlampe mag ich nicht, da bleibe ich lieber im Dunkeln sitzen. Durch das Fenster kommen die Lichter von der Straße.

Wie schnell doch die schützende Schale einer Routine bricht.

Jedwede Routine, so solide sie auch scheinen mag, wird von Unvorhersehbarem geschleift.

Seltsam, dieses Moments verlustig gegangen zu sein, in dem ich die Lampe mit dem Fuß anschalte, seltsam auch, wie schwierig es ist, ihn zurückzugewinnen. Noch mehrere Tage wird das Trägheitsmoment wirken, das mich auf den Schalter treten lässt, um erneut zu entdecken, dass die Lampe nicht funktioniert. Und jedes Mal werde ich mir sagen: Ich muss zur Eisenwarenhandlung, eine neue Glühbirne kaufen. Aber ich werde es nicht tun. Die Wiederholung dieses Scheiterns wird zu meiner neuen Routine.

Draußen glänzt noch der Mond, von gestern auf heute ist er kleiner geworden. Abnehmend, wir sind jetzt bei abnehmendem Mond, auch wenn das für mich nichts bedeutet.

Meine Mutter lässt auf sich warten. Ich möchte, dass sie rauskommt, und möchte es nicht.

Ich habe das Gefühl, dass jede vergehende Sekunde mich dem näher bringt, dem ich nicht nahe sein möchte. Und es ist nicht wirklich sie als Person, es ist das, was sie mit sich bringt. Was ist das? Außer schwer verdaulichem Essen und banalen Tourismusinformationen, was bringt sie mit?

Der Wind rüttelt am Fenster, man hört ein Knarzen. Gespenster, die an der Scheibe kratzen.

Ich stehe auf und klopfe an die Badezimmertür.

»Alles in Ordnung?«

»Komme gleich.«

Heraus kommt eine andere Person. Sie hat sich das Gesicht gewaschen, die Haare gekämmt und sich einen weiten, mit Melonen bedruckten Morgenmantel übergezogen. Die Wunde ist nicht mehr mit meinem ungeschickten Verband bedeckt, sondern mit einem ganz kleinen Pflaster aus dem Arzneikasten. Diese sorgsam ausgeführte Arbeit, die so gar nicht zu ihren nervösen Händen passt, verblüfft mich. Sie öffnet den Wandschrank und holt eine große Flasche Passionsblume heraus, bittet mich um einen Löffel. Ich gehe ihn in der Küche holen, und als ich zurückkomme, liegt sie schlafbereit im Bett. Sie hat sich das Haar zurechtgesteckt. Haube nennt man das: ein Helm aus Haaren, festgesteckt mit silbrigen Stiften, wie Schrauben, die verhindern, dass der Kopf auseinanderplatzt. Drüber bindet sie ein rotes Tuch. Sie richtet sich auf und schluckt vier Löffel Passionsblume. Mit dem letzten sagt sie etwas, das ich nicht verstehe.

»Was meinst du?«

»Ich bin hergekommen, um dir etwas zu sagen«, antwortet sie mit heiserer Stimme, »aber ich weiß nicht, wo ich beginnen soll.«

Sie legt den Kopf auf das Kissen. Ich knipse das Licht am Nachttisch aus. Bevor ich hinausgehe, öffne ich vorsichtig den Schrank und greife mir ein T-Shirt. Ich höre die Türklingel.

»Ja?«

Es ist Máximo. Er hatte den Müll rausgebracht und frische Blutstropfen im Eingangsbereich gesehen. Ob ich wohlauf sei, der Aufzug stand im 7. Stock, und Erika und Tomás seien ausgegangen, also blieb nur ich übrig, demnach musste das Blut von mir sein. Ob es mir wirklich gut gehe, insistiert er. Sein Vorstoß stört mich sehr. Die Grenze zwischen Sorge und Einmischung ist den meisten Personen nicht ganz klar. Für einen Portier existiert sie gar nicht.

»Ja, mir geht's gut«, erwidere ich in die Gegensprechanlage, »ich weiß nicht, von welchem Blut Sie sprechen, ich habe meine Wohnung nicht verlassen«, und lege auf, bevor er antworten kann.

Ich ziehe mich aus und streife das T-Shirt über, hole den Computer und lege mich auf den Diwan. Ich suche Fotos von Idris Elba, auch eine Form der Flucht. Aber dann sehe ich Ágata auf der Terrasse und gehe sie empfangen. Ich hebe sie hoch, nehme sie in die Arme, ich streichle ihren Bauch, und sie schnurrt.

»Nicht immer wie ein Gespenst kommen und gehen«, sage ich zu ihr. Das Telefon, jetzt klingelt das Telefon. Ich gehe zurück zum Diwan, Ágata kuschelt sich an meine Seite. Axel, er will wissen, was ich zu Abend gegessen habe.

»Warmes Wasser«, sage ich.

Er lacht. Ich frage nach dem Fisch.

»Ich habe ihn in eine Mülltonne geworfen: ein Fest für die Katzen der Nachbarschaft.«

Unter dem Fell fühlt sich Ágatas Bauch kalt und prall an.

Ich seufze, sage nichts. Axel auch nicht. Es fühlt sich sonderbar an, dass er diese Nacht für mich nicht greifbar ist. »Und du, was hast du gegessen?« Pizza, stelle ich mir vor und frage: »Pizza?« »Pizza«, sagt er.

Ich lächle in mich hinein. Sage mir, ich kenne ihn seit eh und je. Dass es nichts gibt, was ich nicht über ihn und er nicht über mich weiß. Dass die Geschichte unserer Beziehung irgendwo schon geschrieben steht, in einem Heft, und daher wird es eine verschwiegene Geschichte sein, bis jemand das Heft öffnet und sie laut vorträgt. Wer aber würde das tun wollen? Ich nicht. Ich würde gerne das Ende entdecken, ohne den ganzen Bogen, also den mittleren Teil, zu durchqueren. Ohne den Anruf zu beenden, öffne ich auf meinem Laptop die Notizen und schreibe: »Alles, was man erzählt, beschädigt man.«

»Bist du mit deiner Arbeit vorangekommen?«, fragt Axel. Im Klang seiner Stimme nehme ich eine Prise Misstrauen wahr.

»Nein.«

»Wie schade.«

»Aber etwas Gutes gab es auch.«

»Ach ja? Was denn?«

»Ágata ist zurück.«

»Wer ist Ágata?«

7

Als Eloy mir den letzten Auftrag gab, sagte er: »Aufsatz, Thema … Quak.« Und lachte schallend. Ich habe den Witz nicht verstanden, es war ein argentinischer Witz. Egal wie viele Jahre du an einem Ort wohnst, egal wie sehr sich dein Akzent oder dein Wortschatz verändert hat: Wenn du die Witze nicht verstehst, sprichst du die Sprache nicht, bekommst den Code nicht mit, gehörst nicht dazu. Schlimmer ist die nächste Etappe, du verstehst die Witze kraft Wiederholung oder durch eine schlichte Deduktionsübung, aber du kannst nicht drüber lachen. In einem mit Gelächter übervollen Raum bist du die Einzige, die trocken schluckt.

Genau so war es am Tag des Auftrags. Wir haben uns in Eloys Büro versammelt, der Typ vom Marketing, der Art Director und ich. Alle mit unseren Nachnamen auf dem Klebestreifen an der Brust. Wir sollten den Creativ Director kennenlernen, den die Kunden für die Kampagne wollten: ein Fotograf, der auch Dokumentarfilme machte und auf den Antipoden der Werbung angesiedelt war, erklärte Eloy.

Unwahrscheinlich, dass er den Auftrag annehmen würde. Eloy verbarg nicht seine Geringschätzung für diesen Typen. Als ich an jenem Morgen ins Büro trat, sagte er gerade zu den anderen: »Hier wird niemand bitte, bitte sagen, was glaubt der, wer er ist? Wen hat er besiegt?« Doch kaum tauchte der Mann auf, erhob Eloy sich hinter seinem Schreibtisch und umarmte ihn, wie man einen Herzensfreund in der Neujahrsnacht umarmt. Sodann stellte er ihn allen mit einer kleinen Reverenz vor: »Hier steht er, Jungs, Axel Haider, ein Talent.«

Zehn Tage später lud mich Axel zum Ausgehen ein und sagte, er habe die Tortur dieser Versammlung nur wegen mir ertragen. Das erste Mal schaute er mich genauer an, weil ich mit diesem Klebeband, das mich von Schulter zu Schulter überquerte, etwas lächerlich wirkte; es sah wie eine Naht aus, die mich aufrecht hielt und mein Auseinanderfallen verhinderte. Mein Name war sehr lang, seiner sehr kurz. Sein Band besetzte nicht einmal die ganze Hemdtasche, in der er einen Kugelschreiber und ein Notizbüchlein stecken hatte. Das zweite Mal schaute er mich an, weil er es komisch fand, dass ich den Witz von der Kuh nicht verstanden hatte. Und von da an, sagte er mir, habe er schon nichts anderes mehr anschauen mögen. »Und warum bist du zu dem Treffen gegangen?«, fragte ich ihn. Er sagte, es reize ihn immer ein wenig, Orte aufzusuchen, die er sich nicht ausgesucht hätte, und sei es nur, um festzustellen, dass er sie sich immer noch nicht aussuchen würde. Ich dachte mir: Er fühlt sich überlegen, ist aber zugleich unsicher. Wenn nicht, hätte er nicht einen Vormittag für ein nutzloses Treffen drangegeben. Im Laufe der Tage hat sich beides bestätigt, aber es hat mich nicht gestört, machte mich nur noch neugieriger. Den Auftrag auszuschlagen hieß, sehr viel Geld auszuschlagen. Axel war nicht reich, Eloys Auftrag hätte ihn eine Zeitlang über Wasser gehalten. Das sagte ich ihm, worauf er erwiderte, genau das sei ein großer Irrtum. Warum? Deine Zeit zu verkaufen, um Zeit zu gewinnen, das sei eine unmögliche Gleichung: »Die Zeit ist eine Niere, wenn man sie abnutzt, erholt sie sich nicht.«

Seitdem sind fast drei Monate vergangen, aber jetzt, da ich mit meiner Mutter auf der Terrasse sitze – wieder hier, gleichsam eine neue alte Gewohnheit –, fühlt sich die unmittelbare Vergangenheit sehr fern an. Es kommt mir vor, als sei dies alles einer anderen Person in einer anderen Epoche passiert. Heute Morgen hat meine Mutter das Gesicht eines Boxers, sie ist noch verschwollener aufgewacht. Die Prellung hat sich die Nacht genommen, um sich für ihre Farbe zu entscheiden: Dunkelviolett in der Mitte, drum herum Grün. Weh tue es nicht, sagte sie, schluckte dann aber zwei Schmerztabletten, weil ich darauf beharrte. Wir haben draußen gefrühstückt, danach hat sie gefegt und gewischt (sie besteht darauf, diese Dinge zu machen), und dann kaprizierte sie sich auf meine Nägel: »Deine Finger hat ein Kannibale angefressen, mein Kind.« Sie tauchte mit einem Etui auf, das ich aus den Augen verloren hatte. Eins dieser Necessaires aus weichem, geblümtem Stoff mit vielen Täschchen. Drinnen waren eine Nagelschere, eine Nagelzange, Feilen, eine Creme für die Nagelhaut und der dunkelblaue Nagellack, den ich fast meine ganze Jugend über benutzt hatte. Sie trug eine Schüssel mit warmem Wasser heran und setzte sich neben mich für die »Maniküre«. So sagte sie, und es klang sehr sonderbar in meinen Ohren. Dort, in ihrem Land – das auch das meine ist – sagt man, »die Hände machen« oder auch »die Nägel machen«. Als habe das was mit Magie oder Esoterik zu tun. Du hast weder Hände noch Nägel, bis jemand kommt und sie dir macht. Meine Mutter ist nicht sehr geschickt, es hat wehgetan, es hat geblutet. Aber ich habe sie nicht abgewehrt, mich rührte die gute Absicht. Der Nagellack war eingetrocknet, und sie fügte ihm einen Schuss Lösungsmittel hinzu. Geduldig pinselte sie. Das Resultat war grotesk: Meine knappen Nägel waren in Pfützen dunkler Farbe getaucht. Ich streckte die Arme vor mich, spreizte die Hände zur besseren Ansicht. Jeder Finger schien von einem Käfer gekrönt. »Na, wie schaut das aus?«, fragte sie. »Wunderbar«, antwortete ich.

Als sie fertig war, wollte sie für uns einen Kräutertee aufgießen, was ich nutzte, um meinen Laptop zu holen. Sie kam mit zwei dampfenden Bechern zurück und fragte mich, was ich denn da schriebe. Also erzählte ich ihr vom Auftrag der Agentur, hatte aber den

Eindruck, dass sie nicht begriff, worum es ging. Als ich meiner Schwester das erste Mal von meiner Arbeit erzählte, hat sie das auch nicht begriffen, fand aber wichtig, was ich tat: »Wenn es dich nicht gäbe, würde ich nie erfahren, dass die Dosenetiketts vor Lügen strotzen.« Das alles, weil ich gesagt hatte, dass ich den Auftrag hatte, Wundersames über fad schmeckende und, wie ich meinte, unverträgliche Linsen zu schreiben.

»Und, machst du das gerne?«, fragt meine Mutter und meint vermutlich die Arbeit, von der ich gerade erzählt habe. Ich zucke mit den Schultern: »Ich werde gut bezahlt, und ich bin gut darin, ohne große Mühe.«

Und ohne Vertrag, ohne Krankenkasse, ohne Transparenz.

Sie nickt und betrachtet ihre Tasse.

»Aber es ist nicht das, was ich machen will«, sage ich, »ich möchte was anderes schreiben.«

»Was denn?«

»Einen Roman, glaube ich.«

Meine Mutter schlürft ihren Kräutertee, nickt wieder. Ich sehe mich selbst als zweitrangige Schauspielerin, die, über dreißig, noch keine wichtige Rolle bekommen hat und ihre Unsicherheit bekämpft, indem sie erklärt, Philosophen gelesen zu haben.

»Ich habe auch gern geschrieben«, sagt sie.

»Im Ernst?«

»Es gab eine Zeit, da schrieb ich Tagebuch. Das

Buch war ganz klein, in Leder gebunden, und kam mit einem Schlüssel«, sie lacht.

»Hast du es denn noch?«

»Ach was, das ist eine Ewigkeit her.«

»Hast du es etwa verloren?« Ich staune selbst über meinen empörten Ton. Sie hat größere Dinge als ein Tagebuch verloren: einen Ehemann, zwei Töchter, vielleicht ein Haus.

»Ich weiß nicht«, sie kneift die Augen zusammen, als suche sie es auf dem unsichtbaren Regal, in das sie es zum letzten Mal gestellt hatte. Dann schüttelt sie den Kopf.

»Hat es jemand gelesen?«, frage ich.

Sie lacht wieder: »Ich hoffe nicht!«

Ein Tagebuch scheint mir das Gegenteil eines Kindes zu sein: Man vertraut ihm Geheimnisse an. Ein Versteck. In einem Tagebuch kann man das Unsagbare verwahren und mit dem Schlüssel wegsperren. Die dunklen Versionen der Welt in Sicherheit bringen. Es sei denn, es ist ein Tagebuch, das an Fragen, Ängsten und unvollendeten Sätzen leidet. In diesem Fall wäre es genau dasselbe wie ein Kind.

Meine Mutter steht vom Tisch auf, geht zur Balkonbrüstung. Ich folge ihr.

Ich erinnere mich an den Hof des Hauses, der voller Bäume stand, an einen Tisch im Schatten, an dem lauter Männer saßen, vor ihnen die Dominosteine und zur Rechten das Gläschen mit Rum. Dazu gab es den Salat aus grünen Mangos mit Salz und Zitrone. Den Salat richtete meine Tante an, während sie meine Schwester und mich einwies, wie wir die Scheiben zu schneiden, auf der Platte zu verteilen und zu würzen hatten. Die Menge an Salz, die sie verwendete, schien dem Plan zu gehorchen, die Arterien all dieser Männer in geblümten Bermudashorts zu verstopfen, die wir wie Pharaonen – oder wie Behinderte – bedienten. Meine Onkel, deren Freunde, die Freunde der Freunde. Jedes Mal, wenn wir zu dem Tisch gingen, um ihnen etwas zu servieren, brachten wir Fetzen ihrer Unterhaltung zurück, die ich als arm und von flauem Witz erinnere, großzügig aber an Gelächter. Und an Streit: Am Ende des Tages gab es immer Geschrei, und meine Tante musste Eusebios Hilfe erbitten, um die Gemüter der Herren zu beruhigen. Das gelang ihm, und so wurde aus den angedrohten Schlägen ein verworrenes Grummeln, das langsam erlosch, während der Abend sich mit Mücken, Glühwürmchen und stark geäderten Augen bemerkbar machte. Aufschlussreich an dieser Erinnerung ist, dass ich glaube, meine Mutter abseits sitzen zu sehen, fern von den anderen: Sie schreibt etwas in ein Notizbuch oder ein Heft, oder, wie ich jetzt denke, in ihr Tagebuch. Aber vielleicht ist das keine Erinnerung, sondern Einbildung. Manchmal schwer zu unterscheiden.

Ich sehe jemanden in der Wohnung des Paars mit dem Baby. Ein Nachbar, der die Pflanzen gießt, denke ich. Ich warte darauf, dass er wieder auftaucht, aber nichts passiert. Wird wohl ein Schatten, eine Spiegelung gewesen sein. Alles bleibt ruhig. Vielleicht hat er sich versteckt, beobachtet uns, macht sich Notizen auf den magnetischen Notizblock, den das Paar für die Einkaufslisten benutzt: zwei Frauen, auf die Balkonbrüstung gestützt, in scheinbar kontemplativer Haltung. Keine macht den Mund auf, obwohl sie eindeutig miteinander sprechen, schweigend – was nicht dasselbe ist wie Selbstgespräche zu führen. Das Gespräch im Kopf schließt die andere mit ein und fließt dahin, auch wenn es an Ansprache mangelt und dementsprechend an Antworten.

»Und was hast du in das Tagebuch geschrieben?«

»Dummes Zeug.«

»Ich hätte das gerne gelesen.«

»War dummes Zeug.«

Es gibt eine Version meiner Mutter – folglich auch eine von mir? – in einem verlorenen Buch. Ich finde es ungerecht, sie nicht kennenlernen zu können. Fühle mich betrogen. Ich frage mich, wer meine Mutter war, als sie in ihr Tagebuch schrieb. Wer war meine Mutter, bevor sie meine Mutter wurde. Und danach? Ich tröste mich damit, dass die Wahrheit über einen Menschen wenig mit dem zu tun hat, was er über sich selbst schreibt. Viele Leute glauben zwar, dass man sich beim Schreiben entblößt, ich weiß aber, dass man sich in Wirklichkeit verkleidet. Man zeigt andere Gesichter, man schafft sich neu auf eine Art und Weise, in der sich Schuld, Frustration und Wünsche mischen, und das Ergebnis ist ein durch und durch entschlacktes, aufrichtiges Wesen. Ohne jede reale Grundlage. Eine solche Konstruktion kann man nur aufs Papier zeichnen.

Meine Mutter sagt, sie gehe »was kleines Süßes« holen. Ich bleibe auf dem Balkon und sehe meine Nachbarin, die Krankenschwester, in einem Taxi vorfahren. Susan heißt sie, glaube ich. Auch León ist da, ganz in Fußballklamotten. Seine Mutter zahlt das Taxi, nimmt den Jungen an die Hand und geht schnellen Schrittes auf das Gebäude zu, sodass León fast hinterhergeschleift wird. Bevor er die Tür erreicht, kommt der Junge an einem Häufchen trockenen Laubs vorbei, das Máximo heute Morgen zusammengekehrt haben dürfte: Er gibt ihm einen Tritt und verstreut die Blätter. Er ist sauer auf die Mutter. Warum? Wegen etwas in dieser Art: Er wollte sich nach dem Training eine Schokolade kaufen, sie aber hatte gesagt, von Schokolade bekomme man Karies und außerdem habe sie kein Geld; worauf der Junge geschnaubt oder ein verbotenes Wort ausgestoßen hatte, was sie unterbrach, indem sie ihm ins Gesicht griff, wie ich es einmal gesehen hatte: Mit Daumen und Mittelfinger drückte sie ihm in die Wangen, bis sich eine Art Rüssel bildete, der die Wut in seinem Gesicht betonte und wohl auch die ihre anheizte, denn damals, als ich sie in der Eingangshalle beobachtete, hatte sie ihn voller Zorn angesehen und gesagt: »So wie ich dich gemacht habe, mach ich dich auch kaputt.«

Meine Mutter steckt den ganzen Nachmittag in der Küche und bereitet Speisen für die Woche vor. Ich, am Terrassentisch, bin mit dem Auftrag der Agentur ein wenig vorangekommen, habe mir das aber schnell erlassen und die Datei mit dem Stipendium geöffnet. Immer noch sehr roh. Und ich immer noch einfallslos.

Ich gehe in die Wohnung, möchte ein Glas Wasser oder Tee. Vielleicht einen Keks. Ich komme zur Küche und finde den Raum verändert vor. Wieder sind da Teller, die ich nicht kenne, Geschirrtücher mit Früchten drauf, eine Vase mit gelben Margeriten, Dünste von Brühen steigen aus goldenen Töpfchen, die auf den eisernen Kochfeldern des Herdes vibrieren. Die Töpfchen erzeugen ein Geklimper, das an das Kinderlachen in Fernsehmärchen erinnert oder an eine Klapperschlange oder an die Glöckchen einer ausgebrochenen Schafherde.

Da liegt etwas Feindseliges in der kleinen Küche: als möge sie es nicht, ständig betatscht zu werden. Eigentlich herrscht eine gewisse Feindseligkeit in der ganzen Wohnung, die gezwungen wurde, sich in ein unbekanntes Wesen zu verwandeln. Ich erkenne die Gegenstände nicht und, schlimmer noch, die Gegenstände erkennen mich nicht. Jedes Mal, wenn ich hinausgehe – zum Gemüseladen, zum Kiosk, wenn ich den Müll runterbringe –, stoße ich bei der Rückkehr auf etwas, das mich aus der Fassung bringt: Keramiktässchen, aufgereiht auf dem Bücherregal, Plastikblumen auf dem Nachttisch, eine Jungfrau del Carmen mit angebrochener Nase, am Kühlschrank Magnete, kleine schwarze Mädchen, deren Kleidchen im Dunkeln leuchten, und in den Ecken Räucherwerk, dessen Metallstiel mangels Basis in einer dicken Kartoffelscheibe versenkt ist und einen Geruch verströmt, der mich umwirft und zu einer unbegreiflichen Siesta in den Diwan drückt.

Wie meine Mutter den Raum nutzt, verwirrt mich zwar, aber es macht mich nicht wirklich wütend. Die Belästigung wird von einem plötzlichen Mitgefühl konterkariert, das mich daran hindert, den Besen zu holen und alles kaputtzuschlagen.

Als ich damals meine Schwester besuchte und den Aufwand sah, den sie in ihrer Küche betrieb, habe ich in etwa dasselbe gedacht wie jetzt: dass die meisten Menschen Misshelligkeiten auf der Gefühlsebene mit Produkten ausgleichen. Das ist auch die Bedeutung der Paketsendungen meiner Schwester: Ich kann dir weder mein Verständnis noch meine Gesellschaft geben, also verwandle ich das, was ich nicht habe, in eine Biskuitrolle, einen Hut, ein Häkeletui für das Handy. Keine große Offenbarung, dieses Wissen gab es schon immer, nicht nur in meiner Familie: Wenn es an Verständigung fehlt und man darauf verzichtet, einen – mühevollen – Konsens herzustellen; wenn die Unfähigkeit oder die Müdigkeit die Oberhand gewinnt, dann bleiben immer noch das Essen, die Geschenke, all die entschieden unnötigen und – zumeist – hässlichen Dinge.

Ich gehe wieder hinaus auf die Terrasse. Am Ende habe ich mir weder Wasser noch sonst was geholt. Draußen wartet Ágata. Ich setze mich, sie klettert an meinen Beinen hoch und macht es sich als schwerer Sack bequem.

Es beunruhigt mich, den ersten Teil der Bewerbung nicht klar vor Augen zu haben. Schließlich ist es nicht seriös, sich für ein Stipendium zu bewerben, bei dem man ein Schreibprojekt weiterentwickeln soll, das es nicht gibt.

Während ich auf der Suche nach irgendetwas die Luft fixiere, tauchen plötzlich Fetzen von Geschichten auf, die mir meine Schwester einmal erzählt hat. Das ist so viele Jahre her, dass sich mir die Details entziehen. Alles war erfunden. Meine Schwester hatte es satt, dass ich immer wieder nach Dingen fragte, die sie selbst nicht wusste. Dann wurde sie ernst, setzte sich vor mich hin und blickte mich starr an. Und begann mir, als wäre es ein Film, die Geschichte unserer Eltern zu erzählen. Sie änderte die Zeit, berichtete im Präsens, was für mich ganz besonders war, denn dadurch wirkte alles, was sie erzählte, nicht nur wahr, sondern auch unmittelbar.

»Das, was ich dir hier sage, ist nicht geschehen, sondern geschieht gerade jetzt«: So verstand ich ihre Erzählungen.

Und so legte sie los:

Mami und Papi gehen zu einem Fest auf ein Schiff. Eine Kapelle spielt, es ist Vollmond, und die Kellner servieren einen aus Guajira gebrachten Whisky. Der Whisky ist gepanscht, und alle, die ihn trinken, sterben. Also alle Festgäste, außer Mami, die schwanger ist und keinen Alkohol trinkt. So wurde sie zur Witwe und du noch vor deiner Geburt zum Waisenkind.

Das glaube ich dir nicht, sagte ich.

Sie rollte die Augen und sagte, na gut, okay, die Geschichte ging anders:

Ein Schiff, ein Fest, der Mond, die Kapelle – aus irgendeinem Grund brachte sie alles auf diese Bühne, die sie wohl zugleich romantisch und tragisch fand. Plötzlich heftiges Unwetter, wahrscheinlich ein Schwanzschlag des Hurrikans El Niño – der war in unserer Jugend in Mode, aber wer weiß, ob in der meiner Eltern – schüttelt das Schiff, bis es kentert und alle ertrinken, außer Papi, der sich auf Stürme versteht, weil er Soldat bei der Marine ist.

Soldat?

Ein sehr tapferer Soldat, ja. Als er aber sieht, wie seine schwangere Frau stirbt, gibt er sich dem Alkohol hin: Er trinkt den ganzen Whisky aus der Umgebung aus, und dabei stößt er auf eine gepanschte Ladung, von den Indios aus Guajira geschmuggelt, und stirbt an einer Vergiftung.

Also sterbe ich dann auch?

Nein, du stirbst nicht. Man holt dich wie durch ein Wunder aus Mamis Leib und operiert dich, um dich wiederzubeleben, um dich aber zu retten, nehmen sie mich und holen das ganze Blut aus meinem Körper und übertragen es dir über durchsichtige Schläuche: lange Röhrchen, die sie dir in die Nase schieben. Dein Babykörper ist winzig, dennoch braucht er mein ganzes Blut. Sie leeren mich, lassen mir nicht einen Tropfen. Als sie dich meiner Großmutter übergeben, sagt der Arzt: »Dieses Kind ist mit dem Durst eines Vampirs geboren.«

Und was ist mit dir?

Ich sterbe.

Du stirbst?

Sie nickte: Ja, ich bin tot, mich gibt es nicht.

Und warum sehe ich dich?

Weil du mit meinem Blut gefüllt bist.

Es gab unzählige Varianten. Alle verstörend. Aber ich war dankbar dafür, dass meine Schwester mir etwas anbot, an das ich mich halten konnte. Ihre Erzählungen waren meine einzige Kosmologie. Ich vermute, sie sind es noch immer. Für den Rest der Familie war unsere Herkunft immer ein Buch mit sieben Siegeln.

Ich kehre zurück zum Laptop, zur Ausschreibung des Stipendiums:

Gattung: Roman (?)

Titel: Das Tagebuch meiner Mutter

8

Gegen neun Uhr abends klingelt es an der Tür. Meine Mutter liegt schon im Bett. Ich sitze mit Ágata auf dem Diwan und bin bei einer Serie auf dem Computer fast eingenickt. Ich denke, es ist das Ehepaar von nebenan. Vielleicht hat Máximo ihnen erzählt, dass ich verwundet bin. Vielleicht kommen sie aber auch, um sich dafür zu entschuldigen, dass sie mich beschuldigt haben, eine tote Ratte auf ihre Terrasse geworfen zu haben: Nachdem sie beim Abendessen darüber gesprochen haben, sind sie zu dem Schluss gekommen, dass der Vorwurf unsinnig war. »Wir sind doch alle zivilisierte Leute, oder?« Das sagt sie auf den Hausversammlungen, wenn irgendeine Angelegenheit aus dem Ruder zu geraten droht. Erika hat die Selbstgenügsamkeit als Strategie gewählt, um der Welt zu sagen: Ich bin bereit, deine Schläge zu empfangen, bevor sie auf mich zukommen. Bei den Versammlungen redet sie wenig, aber ihr Blick geht über die Gesichter der Anwesenden, wie man durch einen vertrockneten Garten geht. Ich hasse ihre Haltung und verstehe sie zugleich. Dieses Verstehen aber ist nicht rational. Mit Erika geht es mir wie mit einigen Kunstwerken, die ich nicht verstehe, weshalb ich auch nicht erfasse, ob sie genial oder ordinär sind, aber ich stelle mich vor sie hin und spüre plötzlich einen Schlag ins Gesicht und gleich darauf die Verunsicherung: Warum schlägst du mich, ich schaue dich doch nur an.

Ich begebe mich zur Tür. Mein Plan ist, ihnen mit gekreuzten Armen entgegenzutreten: ihr dabei zuzuhören, wie sie sich in Erklärungen windet; ihn erröten sehen. Die Körper der beiden wie ausgeschnitten vor dem ockerfarbenen Hintergrund des Flurs, der unsere Türen trennt.

Ich beuge mich zum Spion: Es ist die Krankenschwester.

»Ja?«, sage ich.

»Entschuldige die Uhrzeit, ich bin Susan, die Mutter von León.« Ich öffne die Tür.

»Hallo.«

»Hallo.«

»Geht's León gut?«

Sie nickt. Ich rühr mich nicht, will nicht, dass sie hereinkommt. Ich möchte gern eine Machete packen, einen Spalt in den Boden schlagen und damit die Grenze zwischen der Welt draußen und der Welt drinnen markieren, und aus diesem Spalt soll eine Feuerwand aufsteigen, die nur ich durchqueren kann. Ich lehne mich an den Türrahmen. Susan schaut seitlich an mir vorbei und entdeckt Ágata:

»Ach, das Kätzchen ist ja wieder da.«

Ich seufze.

»Magst du reinkommen?«

»Nach was riecht es denn hier?«, fragt Susan.

Ich ignoriere die Frage. Wir stehen in der Küche, ich gebe mich konzentriert beim Aufsetzen des Wasserkessels. In der Luft liegt eine Mischung exotischer Gerüche. Ich schmecke Kardamom, Kreuzkümmel, Nelken, Anis und sehr viel Koriander heraus. Kurios ist, dass der Geruch, hätte Susan ihn nicht erwähnt, mir gar nicht aufgefallen wäre. Das bedeutet, ich gewöhne mich daran, dass meine Wohnung – mein Leben – nach überwürztem Essen stinkt. Meine Mutter lässt den Rohstoff, das eigentliche Lebensmittel, verschwinden und verwandelt es in wer weiß was. Es ist nicht ihre Schuld, nicht ganz. Denn es ist typisch für die Gastronomie meines Landes. Man muss schon ein Hellseher sein, um zu erraten, was man gerade isst. Es mag eine Köstlichkeit sein, egal, aber der Ursprung, der Ausgangspunkt bleibt ein Geheimnis, das der Koch für sich behält.

Während das Wasser zum Kochen kommt, entdeckt Susan auf einem Regal ein Fläschchen Rum aus einem früheren Paket. Es ist fast voll. Als ich ihr den Tee einschenke, zeigt sie mit dem Kinn auf die kleine Flasche:

»Darf ich?« Ich nicke zustimmend. Susan kippt einen Schuss in ihre Tasse. Der Rum ist dunkel, lang gelagert.

Meine Schwester ist der Meinung, dass weißer Rum etwas für Arme und/oder Süchtige ist, der dunkle hingegen für elegante, luzide Menschen, die dann und wann, nach einem schwierigen Tag, eine Substanz brauchen, die sie kurzzeitig blind macht, um danach die kristalline Sicht auf die Dinge zurückzugewinnen. Ihre Erklärung ehrt mich, aber Rum schmeckt mir nicht.

»Magst du?«, bietet mir Susan an.

Dann und wann gebe ich dem Rum dennoch eine Chance. Ich halte ihr meine Tasse hin, und sie kippt einen Schuss hinein, schaut mir dabei unentwegt auf die Nägel. Ein Schandmal. Ich mustere die ihren: kurz, rund geschnitten, unlackiert.

»Lass uns rausgehen«, sage ich und bewege mich Richtung Terrasse auf der Suche nach sauberer Luft. Sie folgt mir. Ágata bleibt auf meinem Laptop liegen, bewacht die geschlossene Schlafzimmertür.

»Ich wollte mit dir über etwas sprechen«, sagt Susan und schlürft aus ihrer Tasse. Sie trägt eine lockere, schmal geschnittene Jacke mit Seitentaschen und eine Baumwollhose. Abgetragene, bequeme Sachen. Ihre Turnschuhe sind weiß, Adidas, neu, hübsch. Ich sehe, da investiert sie.

Susan und ich haben noch nie über irgendwas gesprochen. Die paar Male, die León bei mir geblieben ist, kam sie ihn spät nachts abholen und brachte ihn schlafend in ihre Wohnung, nachdem sie Danke gemurmelt hatte. Immer wollte sie mir etwas dafür bezahlen, doch ich habe es abgelehnt. Einmal hat sie mir ein gewebtes Umschlagtuch geschickt, in der Art eines *aguayo*, aber Industrieware.

Ich stütze die Arme auf die Balkonbrüstung. In der Ferne das hohle Gebäude in seinem nächtlichen Glanz. Zwei weitere Schluck von ihr, einer von mir. Mein Tee ist sehr bitter. Er brennt mir erst in der Kehle und dann im Magen. Als hätte ich glühende Kohlen geschluckt. Durch die Kehle steigt eine Luftblase auf, die mir in einem peinlichen Rülpser aus dem Mund entweicht.

»Pardon«, sage ich, »etwas vom Abendessen liegt mir schwer im Magen, verzeih …«

»Nichts passiert, Mädchen.«

Susans Augen glänzen. Weint sie etwa? Ich erschrecke. Aber es sieht nicht nach dem Glanz von Traurigkeit aus, sondern nach unterdrückter Gewalttätigkeit. Etwas, das plötzlich hervorblitzt und ihre Härte zeigt. Ein Fels unter dem Wasser.

»Vor einer Weile, als León beim Einschlafen war, habe ich ihn gefragt, von wem er sich denn am liebsten hüten lässt, wenn ich bei der Arbeit bin, und, na ja, er hat gesagt, von dir.«

»Wie nett.«

Sie schaut auf den Boden, die Fugen der Fliesen grünfleckig vom Moos.

Ich gebe mir keine Mühe mit der Säuberung der Terrasse, das überlasse ich dem Regen.

Susan hebt wieder den Blick. Sie fixiert mich,

schweigt aber; als sei dieses Fixieren eine perfekt formulierte Frage, auf die ich antworten muss.

»Man merkt, dass du nett zu ihm bist, und dafür wollte ich dir danken«, sagt sie.

»Da gibt's nichts zu danken, ich mag León einfach.«

»Trotzdem.«

»Okay.«

Beide schweigen wir.

Ein, zwei, drei Schluck von diesem grässlichen, aber wirkungsvollen Sud.

Schon fühle ich mich leichter. Die Würmer in meinem Kopf, mit Luft aufgeblasen, steigen in die Höhe. Heute haben sie kein Gewicht.

»Du glaubst es nicht«, sagt sie, »dieses fiese Stück von Kindermädchen hat mir heute Nachmittag gekündigt«, sagt sie.

Ich kippe den restlichen Tee hinunter. Glasklar, was als Nächstes kommt.

»... erst kam sie mir damit, dass sie mehr Knete wollte, ich hab gesagt, okay, ich knapse mir was ab; aber dann ging es nicht mehr darum, sondern um Arbeitszeiten.«

»Sie lernt abends, glaube ich.«

Ich will nicht das Kindermädchen verteidigen, obwohl ich sie mag, weil man leicht Zugang zu ihr findet. Ich kenne nicht einmal ihren Namen; immer wenn sie bei mir klingelte, gab sie sich als »das Kindermädchen von León« aus. Auf mich wirkt sie jedenfalls korrekt und geduldig. Sie erledigt sorgfältig und ohne Widerwillen die schwierigsten Aufgaben, als da sind Rotze wegwischen und Hintern säubern. Will sagen, sie ist geeignet für den Job, aber kühl. Die paar Male, die wir miteinander gesprochen haben, wurde mir klar, dass sie arbeitet, weil sie muss, und Kinder nicht ihre Berufung sind. Sie selbst wünsche sich keine, wie sie mir einmal sagte. An jenem Abend hatte Susan sich verspätet, und sie konnte ihren Kurs wegen eines Streiks der Verkehrsbetriebe nicht mehr erreichen. Das erfuhr sie erst, nachdem sie León zu mir hochgebracht hatte, worauf ich sagte, sie solle doch auf einen Tee bleiben, während León sich Zeichentrickfilme anschaue. Auch ich wolle keine Kinder, sagte ich. Warum, fragte sie. Weil ich schon zwei Arbeiten habe, für die eine werde ich bezahlt, für die andere – die mir schwerer fällt und mir sehr viel besser gefällt – nicht. Ich könne nicht noch einen dritten Job annehmen, erst recht nicht, wenn er unbezahlt wäre. Sie schien ein Weilchen darüber nachzudenken, nickte mit dem Tee in der Hand. Ich sprach von Virginia Woolf, um eine autorisierte Stimme zu zitieren: »Eine Frau braucht fünfhundert Pfund und ein Zimmer für sich allein, wenn sie Bücher schreiben möchte«, hatte sie 1929 gesagt. »Oh«, sagte das Kindermädchen, »vor fast hundert Jahren.« Und dass man bei der historischen Inflation in Argentinien das lieber nicht umrechnen solle. Ich fand das witzig, es trieb mich aber dazu, die schwierige Gleichung im Kopf zu lösen. Wie viel Pesos waren das im Jahr 1929? Und auf diese Summe musste ich dann die Inflation, die es in Argentinien in den hundert Jahren gegeben hatte, draufrechnen. Ging das so?

»Alles gelogen, die lernt doch nicht«, sagt Susan und schaut mich misstrauisch an, als befördere mich dieses Wissen auf die gegnerische Seite.

Die Gründe des Kindermädchens waren einfacher als meine: Ein Kind bedeutet eine lange und vor allem körperliche Anstrengung, sie wollte dafür weder ihren Körper noch ihre Zeit hergeben. Schon das Gebären zeigte es: Der physische Verschleiß war brutal. »Stell dir mal vor«, sagte sie, »ein Mensch kann nur fünfundvierzig Schmerzeinheiten aushalten, aber bei der Geburt hält eine Frau etwa siebenundfünzig aus, das ist wie zwanzig Knochenbrüche auf einmal.« Was nach der Geburt kam, war noch schlimmer, fuhr sie fort, denn ein Kind zu bekommen erfordere eine absolute, endgültige Hingabe, wenn man denn das Kleine nicht beim Aufwachsen beschädigen wolle. Oder es verlieren. Es sei erstaunlich, wie leicht Kinder verloren gingen. »Ach ja?«, fragte ich, gefesselt von ihrer kategorischen Sprechweise. »Historisch gesehen sind sie das schwächste Glied: Man raubt sie, verkauft sie, zerstückelt sie«, sagte Susan. »Und keiner verteidigt sie, weil keiner sich um sie schert.« Also müsse man ständig um sie herum sein, sie pflegen, überwachen, bis sie frei herumlaufen können, und darin sei der Mensch wesentlich langsamer als andere Arten. Sie wusste es bestens. Sie hatte sich um ihren jüngeren

Bruder gekümmert, der jetzt gerade fünfzehn geworden war, und erst seit etwa fünf Jahren konnte sie sagen, dass er »abgestillt« war. Zehn Jahre hatte sie ihm gewidmet. Und jetzt, auch das noch, stromerte er herum, »versuchte sein Schicksal« auf dem Motorrad eines Freundes: »Ein Motorrad, kannst du das glauben?« Sie versetzte das in Schrecken, aber sie war ja nicht mehr verantwortlich. Da gab es nichts, dem sie noch einmal zehn Jahre widmen wollte. Auf León aufzupassen war provisorisch und begrenzt. Deshalb ärgerte es sie, dass Susan sie hängen ließ und ihr die Zeit raubte, das war gemein, sowohl ihr als auch dem Kind gegenüber.

»Sie ist einfach eine bitch.« Susan holt ihr Handy aus der Tasche, gibt schnell etwas auf dem Bildschirm ein und zeigt es mir. Es ist das Instagram-Profil des Kindermädchens, das ich kaum erkenne. Sie heißt Flor. Und sie hat schwarze Blütenblätter um den Nabel tätowiert. Das ist auf dem Foto zu sehen, das Susan mir jetzt zeigt, außerdem der Anfang ihres Schamhügels – Streifen, Härchen, die Marke vom Bikini – und oben dann die Falten ihrer Titten: zweimal breites Lächeln. Ich beneide diese Art von Wagemut, wie sich einige Frauen so locker zeigen können. Frauen, die sich eher wohl als schön fühlen wollen und gerade deshalb schön sind. Flor ist wunderschön, ich bin ein Sack voller Komplexe.

»Was hältst du davon?«, beharrt Susan indigniert. Verdammt viel, möchte ich sagen.

»… und das ist noch nicht einmal das hässlichste Foto, Gott steh mir bei!« Sie schüttelt den Kopf.

Susans Akzent fällt mir plötzlich auf. »Woher kommst du?«, frage ich.

»Aus dem Süden«, sagt sie missmutig.

Der Süden ist groß. Das ist fast so, als würde sie auf eine Weltkarte zeigen und sagen: »Hier wohne ich.« Ich denke an den Gletscher Perito Moreno, der vor den staunenden Augen meiner Mutter kalbt.

»Es heißt, der Süden ist wunderschön.«

Susan schnappt nach Luft, sie scheint sich an etwas erinnern zu wollen, das sie nicht zu fassen bekommt.

»Ja, schon, was soll man da sagen?«

»Susan, ich kann nicht Leóns Kindermädchen werden«, sage ich.

Sie nickt. Sie widmet sich nun wieder ihrem Tee und trinkt mit geschlossenen Augen, als sei es ein Zaubertrunk, der sie in etwas anderes verwandelt. In etwas Freies und Flüchtiges; in eine Libelle, einen Drachen, ein Origami, eine Zigarette.

»Wie viel diese Wohnungen wohl kosten?«, sage ich und zeige auf das Gebäude mit den Lofts. Ich will raus aus der Klemme. Susan öffnet die Augen.

»Sehr viel. Das Gebäude steht fast leer, weil sie die Wohnungen nicht loswerden.«

»Echt?«

»Ja, siehst du ja.«

»Ich habe nur die da richtig im Blick, und die ist bewohnt.«

»Ja, aber ich meine im Allgemeinen. Siehst du nicht, wie die Dinge in diesem Land stehen?«

»Die Dinge« ist ein weiter Begriff, während »dieses Land« ein begrenztes Konzept ist. Ich will ihr sagen, dass meine Fähigkeit enorm ist, all das zu ignorieren, was mich nicht direkt angeht: Tsunamis, Wahlen, Streiks, die Makroökonomie. Ich sag es nicht, weil die bloße Aufzählung schwach ist und eine Diskussion darüber übertrieben wäre.

»Man sieht, dass du nicht viel rauskommst, mein Täubchen.«

»Nicht so häufig.«

»Besser so.« Zwei weitere Schlucke, und der Tee ist ausgetrunken. »Du verpasst nichts.«

Beide blicken wir nach vorne, zu dem hohlen Gebäude. Ich denke an die Ansammlung gescheiterter Projekte dort: drei Einheiten für eine Anwaltskanzlei, zwei für ein Architekturstudio; dazu die Praxis einer Psychologin für Promis und ein Salon für Ästhetik und *Stone therapy*.

Woran denkt Susan? Ihre Mundwinkel unterliegen einer eigenen Schwerkraft, unwillkürlich biegen sie sich hinunter.

Ich höre ein Geräusch im Schlafzimmer und befürchte, meine Mutter aufgeweckt zu haben. Susan zeigt keinerlei Reaktion.

»Wie spät ist es?«, sage ich.

Sie wacht aus ihrer Reglosigkeit auf und sieht auf das Handy.

»Uh, schon nach halb elf«, sie gehe jetzt besser, sie müsse ja noch die Wäsche zusammenlegen.

»Jetzt?«

»Sonst häuft sich zu viel auf.«

In der Tür blickt sie mich an: Ihre dunklen Augen liegen tief in den Höhlen.

Sie ist blass. Man sieht, auch sie kommt nicht viel raus. »Danke für das Gespräch und den Tee«, sagt sie.

Es muss am Rum liegen, ich fühle mich weich und großherzig. In solchen Momenten der Schwäche tritt die Gute auf und mischt sich ein.

»Wenn bei dir mal Not am Mann ist, Susan, kann ich auf León aufpassen.«

»Idiotin«, sagt die Gemeine, bevor sie wie ein Porzellanteller am Boden zerschellt.

Susan nickt und lächelt: »Danke.«

Sie ist schon im Gehen, dreht sich aber nochmal um. »Ich gebe dir einen Tipp zum Überleben« – zu gerne möchte sie sich revanchieren. Der Tipp ist ihr Geschenk: »Wenn du dich niedergeschlagen fühlst, räum auf.« Sie greift meinen Unterarm, ihre Finger sind kalt. »Räum alles auf, was du findest: Das nennt man produktive Muße, und dir dürfte es guttun, weil es mir guttut und wir uns im Grunde ähnlich sind.«

»Im Grunde von was?«

»… räum auf, bis die Last, die du trägst, dir erträglich erscheint. Ist ja nicht so, dass die Last schwindet, weißt du? Das ist wichtig zu wissen«, – sie schlägt einen wissenschaftlichen Ton an, den ich auf ihren

Beruf zurückführe: »Die Last schwindet nicht, sie wird nur leichter.«

Als ich die Tür schließe, denke ich an die Nachmittage, die ich damit verbracht habe, meine Kleidung nach Farben zu ordnen. Wir alleinlebenden Frauen sind eine leichte Beute für »Überlebenstipps«. In einer Zeitschrift habe ich gelesen, dass der Kleiderschrank ein Foto der Psyche ist. Durch den Test, der nach dem Artikel kam, erfuhr ich, dass ich von Natur aus chaotisch bin. Und was bedeutet das? Unter anderem, dass ich fürs Glück nicht begabt bin, dass ich, will ich es erreichen, fleißig sein muss, mir das Glück verdienen; und weniger rotes Fleisch essen: Wenn der Körper schwer ist, ist auch der Geist schwerfällig, und das Urteilsvermögen tut sich schwer. Ich weiß nicht, in welcher Zeitschrift das stand, ich las sie in der Praxis meiner Zahnärztin, und an jenem Tag habe ich das geglaubt. Ich zwinge mich zum Aufräumen, um so zu tun, als hätte ich die Kontrolle über etwas – und das hat mir kein Test eröffnet –, doch die Ordnung ist nicht von langer Dauer, da umstandsbedingt. Manchmal ist sie auch präventiv: Ich räume auf, um mich nicht zu langweilen, also um gar nicht erst traurig zu werden. All das hätte ich Susan sagen können. Solche Dinge auszusprechen ist eine Form, einander beizustehen. Aber ich habe mich geschämt. Die Vorstellung, es gäbe da ein Wissen, das auf uns alle passt, ist naiv. Ebenso naiv, in einem fremden Leben eine geheime Verbindung zu dem eigenen aufzuspüren. Jedes

Mal, wenn jemand herausposaunt: »Mir ist genau das Gleiche passiert«, weiß ich, er wird etwas erzählen, das nichts mit der ursprünglichen Geschichte zu tun hat. Vielleicht ist es ja eine solidarische Geste, und ich bin nicht fähig, das wahrzunehmen: eine Anekdote aus zweiter Hand erzählt zu bekommen, sie zur eignen zu machen und einem anderen Menschen zu übermitteln und dann dem nächsten, bis es auf die ursprüngliche Geschichte nicht mehr ankommt.

9

»Ich kann ja auf das Kind aufpassen, wenn du willst«, sagt meine Mutter, während sie das Tablett von dem Tischchen nimmt, das ich vor Monaten gekauft, aber noch kaum benutzt habe. Wir befinden uns im Wohnzimmer, haben gerade gefrühstückt, frittierte Gemüsebananen mit Käse und Milchkaffee.

Sie kann doch nicht mein Gespräch mit Susan gehört haben?

Ich stelle mir vor, wie sie mit dem Ohr an der Tür klebt und versucht, Worte und Schweigepausen zu deuten. Ich stelle mir vor, dass sie so fest drückt, bis sie das innere Knarzen der Pressplatte hört.

Ich tue so, als hörte ich sie nicht. Ich lehne mich im Diwan zurück, lasse sie abmarschieren.

Ich blicke auf das Teetischchen mit all den Krümeln. Was für eine unnütze Fläche. Es ist so klein, dass man die Tassen auf den Boden stellen musste und ich ganz verspannt war, weil ich fürchtete, früher oder später gegen eine zu treten. Größer als diese Sorge war aber der Hunger; ich schlang mit der Gier einer Spitzmaus in mich hinein. Damit wir bequemer sitzen konnten, hatte ich zwei Stühle von der Terrasse ins Wohnzimmer geholt. Als ich hinausging, spürte ich den drastischen Kontrast zwischen der Kälte draußen und der Wärme drinnen.

Jetzt, vom Diwan aus, geht der Blick hinter der Terrasse auf den am Horizont geparkten Nebel. Die grauen Hauben einiger Gebäude ragen wie Eisberge hervor. Ágata ist nicht da. Wieder ist sie verschwunden. So geht es immer: Meine Mutter taucht auf, und die Katze geht.

»Die arme Frau«, sagt meine Mutter von der Küche aus, »sie war so niedergeschlagen.«

Niedergeschlagen, das ist kein Wort meiner Mutter.

Schlapp, verdrossen, elend. Das sind Worte meiner Mutter.

Sie geht zurück ins Wohnzimmer, trocknet ihre Hände an einem schmutzigen Küchentuch, mit dem sie dann die Krümel von dem Tischchen wischt. Sie stellt sich mir in die Sicht: Ihre dunkle Silhouette drängt sich vor den Nebel im Hintergrund. Von der Prellung im Gesicht ist nur ein leichter Schatten über dem einen Auge und auf dem Backenknochen geblieben; eine schwimmende Insel, die über die obere Hälfte ihres Gesichts geschippert ist und in verschiedenen Regionen für eine Zeitlang Halt gemacht hat.

»Hast du etwas von Eusebio gehört?« Die Frage taucht bei mir aus dem Nichts auf. Das hat in den Neurowissenschaften einen Namen. Manchmal sind es keine Fragen, sondern lose Satzteile, die in keinerlei Bezug zu dem stehen, was gerade passiert. Oft handelt es sich um unangemessene, gewagte, verletzende Aussagen. Ich denke an einen Mutanten, dessen Augen aufs Geratewohl elektrische Stöße aussenden. Diese Sätze entstehen wie ein Pilz aus sich selbst in einer Region des Hirns, deren Namen ich vergessen habe.

Meine Mutter schüttelt den Kopf: »Nein, nichts.«

Ich sehe sie auf die Terrasse gehen und erneut ein Krümelhäufchen über die Brüstung werfen. Warum tut sie das? Ich will sie an den Schultern packen und ihr mal was erklären. Was denn? Es erschöpft mich, daran zu denken. Begriffe ordnen, Kategorien bestimmen: Das ist korrekt, jenes ist nicht korrekt. Und wer sagt das? Die universelle soziale Ethik.

Vor Jahren hatte ich über meine Schwester erfahren, dass Eusebio Teile des Hauses zerstört hatte. Warum, blieb unbekannt: »Er hat sich mit jeder Tür angelegt, als wehre er sich gegen Godzilla.«

Als sie wieder hereinkommt, schwitzt meine Mutter. Ich denke, ich muss Máximo bitten, nach der Heizung der Wohnung zu sehen. Was für ein ungutes Gefühl, Máximo um irgendetwas bitten zu müssen. Meine Mutter geht wieder in die Küche, zum Abwaschen, wie sie verkündet. Ich sollte aufstehen und ihr helfen, sage ich mir. Aber ich bleibe sitzen.

Zuvor, beim Frühstück, überkam mich ein Erstickungsgefühl. Ich musste mir mit den Händen Luft zuwedeln und tief atmen. Meine Mutter sah mich mit gerunzelter Stirn an. »Alles in Ordnung?« Ich nickte. Dann schaute ich in die Kaffeetasse, um zu überprüfen, ob sie den Kaffee richtig zubereitet hatte. Sie hatte es, mehr Milch als Kaffee, so tranken ihn meine Schwester und ich. Meine Mutter trank keine Milch, die fange bei ihr im Magen zu gären an, pflegte sie zu sagen. Aber ihre Tasse heute sah genauso aus wie meine: eine Träne. So sagt man in Buenos Aires zu einem Schlückchen Kaffee in viel Milch.

Wenn sich mir solche abwegigen (auch ein Wort meiner Mutter) Sätze oder Fragen aufdrängen, notiere ich sie in einem Archiv des Rechners, da ich vermute, dass sie mir irgendwann einmal von Nutzen sein werden. So horte ich eine lange Liste von Inkohärenzen.

»Er wohnt wohl noch im Dorf«, sagt meine Mutter.

Ihre Stimme kommt gefiltert durch das Geräusch des Wassers, das ins Becken schlägt, zu mir. Ich sehe, wie die Tropfen auf die Arbeitsfläche, die Kacheln, den Boden spritzen. Ihre Präsenz ist explosiv. Adjektive wie subtil, zart, vorsichtig, diskret, schlaff taugen nicht für sie. Für sie taugen nervös, emphatisch, wagemutig, schroff, überschäumend.

»… den Schwarzen fällt es schwer zu gehen.«

Eusebio und seine Frau, die Machi (ich habe nie erfahren, ob sie auch einen richtigen Namen hatte), waren wohl die ergebensten Leute, die sie je hatte. Sie halfen ihr im Haus, erledigten die Einkäufe, verwalteten den Hof für sie. Aber meine Großmutter missbilligte, dass meine Mutter uns wie freilaufende

Tierchen in diesem Bananenhaus aufzog, behütet von zwei guten, aber doch wilden Seelen. Sie entschied daher, dass es uns besser bei unserer Tante Victoria ergehen würde, zumindest die Woche über, und dass wir eine gute Schule besuchen sollten. Dass wir die Badehose aus- und einen heißen schottischen Pulli anziehen sollten. Samstags könnten wir, wenn wir wollten, zurück in die Wildnis, Steine schmeißen oder Stöcke in die Meerestiere bohren, die zum Sterben an den Strand gespült wurden. Warum kamen sie zum Sterben dorthin statt woandershin?, fragte ich eines Abends die Machi. Meine Schwester, sie und ich saßen auf dem modrigen Kai, der einen Strandabschnitt vom anderen trennte. Die Machi schaute um sich: Der Wind kreischte, als sei er verletzt, und wirbelte einen feinen, unangenehmen Sand auf. Dann antwortete sie, dass es an diesem Strand keine Menschen gebe, das sei der Grund: »Keiner lässt sich gerne beim Sterben zusehen, Kindchen.« Meine Schwester schnaubte ärgerlich. Machi und ich drehten uns zu ihr um, worauf sie sagte, ihr sei heiß, sie fühle sich ganz klebrig; außerdem gebe es Mücken, und von dem Modergeruch habe sie Kopfweh bekommen und könne nicht mehr klar sehen. Also gingen wir. Auf dem Rückweg, als die Machi ein wenig vorausgegangen war, um die Steine aus dem schmalen Weg zu räumen, den wir zu gehen hatten, sagte meine Schwester zu mir, ganz krank vor Aufregung: »Für die Machi muss man sich schämen, so etwas von unwissend.«

Ich stehe vom Diwan auf, räkele mich und gehe in die Küche.

»Wie alt?«, fragt meine Mutter, während sie Teller abspült und sie auf der Arbeitsfläche zu einem Turm aufbaut. Viele schmutzige Teller für ein Frühstück zu zweit. Ich suche ein sauberes Geschirrtuch und mache mich ans Abtrocknen.

»Wie alt ist wer?«

Ich denke noch an die Machi, an Eusebio. Sie rochen immer nach Salz. Manchmal auch nach Brennholz.

»Der Kleine von der Nachbarin.«

»Ach, León. Er ist sechs.«

»Sag ihr, dass du auf ihn aufpasst, mach schon. Ich helfe dir.«

Ich sehe sie an. Ich suche in ihrem Gesicht nach etwas, an dem ich sie wiedererkennen könnte.

Sie will mir helfen? Ausgerechnet sie, wo doch nichts beglaubigt, dass sie Kinder betreuen kann. Sie macht mich wütend und tut mir leid.

Mein Körper ist ein Archiv von Unfällen im Kindesalter, von Narben, die bezeugen, dass ich nur durch ein Wunder am Leben bin. Ich bin von sehr hohen Bäumen gefallen, habe dicke Zweige mit meinen dünnen Knochen abgebrochen. Ich hab mir das Schlüsselbein angeknackst, Zähne ausgeschlagen; einmal habe ich mir derartig den Kopf gestoßen, dass tagelang ein schrilles Pfeifen alle anderen Geräusche übertönte. Von mir gibt es mehr Tomografien als Fotos, aber ich fühlte mich wohl in diesem Haus, losgelassen und ungebändigt. Jeden Sonntag litt ich bei der Ankunft meiner Tante, weil ich nicht fort wollte. Meine Tante war gut, aber langweilig. Sie war so etwas wie der offizielle Verlobte, zu dem man nach einem leidenschaftlichen Wochenende mit einem schönen und abenteuerlustigen Junkie zurückkehren musste. Meiner Tante widerfuhr etwas Ähnliches, wenn sie uns abholte: Sie sah uns verwundert an, als wären unsere Gesichtszüge, die am Freitag noch so eindeutig gewesen waren, in zwei Tagen verwischt worden, und sie müsse nun erneut welche einzeichnen, die von Dauer waren. Fast immer brachte sie Gäste mit. Sie rannte mit einer unerklärlichen – also falschen – Dringlichkeit auf uns zu und stellte uns in einem feierlichen und allumfassenden Ton vor, als wären wir etwas, das sie nach gründlicher Überlegung selbst zu kaufen wagte. Meine Schwester leistete keinen Widerstand. Ich ging runter zum Strand und verschwand für eine Weile, jedoch nie lang genug, um jemanden in Sorge zu versetzen. Wenn das Meer sehr aufgewühlt war, setzte ich mich ans Ufer, aber meistens ging ich ins Wasser und tauchte ängstlich und erregt unter, dachte, dass irgendein Tier mich angreifen würde. Dort drunten stellte ich mir vor, dass meine Mutter unbemerkt um all diese Leute herumging und Benzin versprühte, das sie dann anzündete, und wenn ich hochkam, war da ein abgebrannter Wald ohne sichtbare Leichen. Aber nein, wenn ich hochkam, fand ich ein opulentes Mittagsmahl vor, aufgetragen auf dem Sonntagsgeschirr. Und schon fast betrunkene Onkels. Und meine Großmutter, die sich mit Insektenschutzmittel vergiftete.

Der Garten meiner Großmutter war nicht wie der unsere: Sie benutzte so viel Unkrautvertilgungsmittel, dass dort kein Vogel, keine Zikade sang, keine Grille zirpte. Sie hielt das für einen Sieg.

Sehr viel mehr kann ich von diesen Essen nicht erinnern. Aber ich erinnere mich an die Lehre, die ich daraus zog: Familien sind Hinterhalte, entzündbare Orte.

»Heute gehen wir raus«, sage ich zu meiner Mutter.

»Ach nein, wozu denn?«

»Weiß ich nicht, egal.«

»Warum das? Wo gehen wir denn hin?«

»Ein Ausflug mit dem Zug, frische Luft schnappen, Kühe angucken.«

»Was soll ich anziehen?«

»Etwas Bequemes.«

Der Zug ist fast leer. Nicht verwunderlich, denn es ist ein Spielzeugzug: Er dient dazu, Touristen herumzukarren, und die Fahrkarte kostet das Dreifache wie beim normalen Zug, der eine andere Route fährt. Dieser ist ganz aus Holz und Eisen, immer sauber, und man besteigt ihn an einem hübschen und pittoresken Bahnhof aus dem 19. Jahrhundert. Dort nutze ich die Gelegenheit und kaufe Wasser. In unserem Waggon sind nur zwei weitere Passagiere. Ein Mädchen mit Kopfhörern und ein schlafender Mann. Ich sage meiner Mutter, sie soll den Fensterplatz nehmen, damit sie die Landschaft besser sieht. Auf einmal fühle ich mich für die Aussicht verantwortlich, als wäre es meine Aufgabe, ihr das Szenenbild zu liefern. Die Fahrt ist lang und bukolisch, wenn man die Landschaft von meiner Terrasse aus zum Vergleich heranzieht. Wir sehen große Villen mit ihren gelben Gärten vorbeiziehen, sie sind auf eine Weise ins Licht gerückt, die den Gedanken nahelegt, dass es da jemanden gibt, der uns die Schönheit der Welt unter die Nase reiben will.

Meine Mutter gibt sich dem hin: Ich sehe sie die Landschaft betrachten, wie ich sie andere Male eine andere Art von Schönheit habe betrachten sehen. Traurig. Meine Mutter schaut traurig, weil ihr, das vermute ich, die Welt, so schön sie auch sein mag, nicht genügt. Und diese Lücke, die das Nichtgenügen öffnet, die Tatsache, dass sie etwas vermisst, was die Welt ihr nicht geben kann, macht die Traurigkeit aus. Ich denke, sie könnte dasselbe von der Liebe sagen. Liebe und Traurigkeit, wenn sie richtig intensiv sind, müssen sich gleich anfühlen – in den Lungen. Sie treten in gierigen, nie ausreichenden Atemzügen in den Körper ein.

An was denkt meine Mutter? Vielleicht an meinen Vater. Wie lange bleibt ein Toter in einem anderen Menschen lebendig?

Ich weiß nicht, an was meine Mutter denkt.

Als sie sich mir zuwendet, sehe ich mich in ihren Augen, ich stelle mir vor, dass mein Spiegelbild nicht von außen, sondern von innen kommt, dass ich es bin, die in ihrem Kopf steckt, und dass sie wegen mir leidet.

»Ich bin hier«, sage ich, denn ich sehe sie durch das Fenster entschweben und möchte sie zurückholen. Mit einem leichten Schwenk lässt sie den Blick über mich gleiten und geht dann wieder. Meine Gegenwart überzeugt sie nicht.

Eine Szene, die sich wiederholt.

Früher, im Haus am Strand, griff meine Schwester in dem Augenblick, wenn die Mutter sich zum Fenster wandte und ins Meer und sein Tosen eintauchte, nach meinem Arm, führte mich aus dem Zimmer, dann aus dem Haus, und zog mich zu dem Kleinlaster meiner Tante, die schon eingestiegen war und ungeduldig aufs Abfahren wartete, während Eusebio noch die Taschen mit der Wäsche einlud.

»Seid ihr fertig? Habt ihr all eure Sachen eingepackt? Das Licht ausgeschaltet?« fragte sie voller Sorge. Ich darauf: Nein, nein, nein. Später, auf der Rückfahrt, klagte sie: »So können wir nicht weitermachen.« Meine Schwester stimmte mit strenger, besorgter Miene zu, und ich tat so, als schliefe ich. Ich dachte an mein Spiegelbild in den Augen meiner Mutter, stellte mir vor, dass sie, wenn sie mich anblickte, sich selbst sah, und dass, wenn ich sie anblickte, ich mich selbst sah, aber mit ihrem Aussehen. Wie zwei sich gegenüberstehende Spiegel.

»Alles hat seine Grenzen«, fuhr meine Tante fort. Und ich wusste, dass meine Schwester mich und meine unterdrückten Reaktionen beobachtete. Was ist alles?, dachte ich. Wenn alles Alles war, konnte es keine Grenzen haben. Das war ein Widerspruch.

10

Die Koppel, auf der die Kuh der Werbekampagne steht, befindet sich in Tigre. Es gibt einen Aufseher, aber der ist heute nicht da. Ich habe nicht daran gedacht, mich anzumelden, da er die anderen beiden Male, als ich den Ort besuchte, immer da war, wie ein unveränderlicher Teil der Landschaft.

Ich habe gesehen, wie er der Kuh eine Behandlung angedeihen ließ, die einer Herzogin würdig gewesen wäre: Er wusch sie, bürstete ihr das Fell, während er sie warm föhnte, und er polierte ihre Zähne und Hufe.

Vor ein paar Tagen war ich das letzte Mal da, um die Futtermittel-Ingenieurin zu treffen, die zugleich Tochter des Besitzers war. Sie wollte mir Dinge erklären, die zu technisch waren, als dass ich sie in meinen Text hätte einbringen können. Nachdem sie mir die Muskeln und Sehnen des Tiers aufgezählt hatte, erzählte sie von einer natürlichen Droge, um die Kühe, die geschlachtet werden sollten, einzuschläfern; auf diese Weise blieb ihnen der traditionelle Schlachthof erspart und sie hatten einen ruhigen Tod. Warum?

Weil der Stress bei der Schlachtung das Fleisch schädigte. Sie wollten, dass der potentielle Konsument sich dem Nahrungsmittel nah fühlte, dass er wusste, wo es herkam, wie es gelebt hatte, wie es gestorben war, ja sogar, ob es einen Namen hatte. Es sei sehr wichtig zu wissen, was wir uns in den Mund schieben, sagte sie: »Es ist wichtig zu wissen, dass diese Kuh glücklich war.«

Das erste Mal hatte mich Eloy hergebracht. Der Kunde hatte ihn von der Fernstraße aus angerufen und Bescheid gegeben, dass er ein paar Stunden in Buenos Aires sei, und hatte uns auf die Koppel bestellt. Der Mann wohnte in der Provinz Pampa, wo auch sein Rindergut war. Die Koppel hatte er für die Kuh gepachtet, die hergeschafft worden war, nachdem man sie als Bildmotiv ausgewählt hatte für die Marke Weidefleisch, die er auf den Markt bringen wollte. Niemand würde je ihr Fleisch kosten, also war es nicht nur schlecht nachweisbar, sondern auch irrelevant, ob sie jungfräuliches Gras oder verfaulte Ratten fraß.

Während Eloy und ich in seinem Auto auf den Kunden warteten – eins von denen mit Glasdach –, hatte ich so etwas wie ein Gefühl von Unwirklichkeit. Ich fragte mich, wer ich wäre, wenn ich eine andere wäre, wer Eloy auf dieser neuen Bühne wäre und was wir zwei allein vor diesem ach so blauen Himmel hinter dem Stall tun würden. Vielleicht hielt ich es für Verschwendung, in diesem eleganten Auto mit Eloy festzustecken und nicht mit jemandem, für den dieser ach so blaue Himmel hinter dem Stall dank meiner Gegenwart eine Bedeutung bekäme. Und umgekehrt. »Warum seufzt du?«, fragte mich Eloy, und weil ich mich wohl ertappt fühlte, sagte ich, mir komme das nicht normal vor, dass eine Texterin ihren Chef zu einem Treffen mit einem Kunden begleite, schon gar nicht außerhalb des Büros, es sei denn, der Chef erwarte von ihr mehr als eine Werbebroschüre. »Warum bist du dann mitgekommen?«, fragte er, sichtlich genervt von meinem Kommentar. Der Nachmittag roch nach Eukalyptus, auch wenn ab und zu eine Welle Schlammgeruch herüberkam, weil der Fluss nah war. »Ich wollte an die frische Luft.«

Und hier stehen wir, meine Mutter und ich: in der frischen Luft vor dem geschlossenen Gatter. Einige Kühe, nicht die meinige, weiden im Hintergrund. Ich klatsche in die Hände, mal sehen, ob der Aufseher kommt, aber nichts geschieht.

»Na gut, lass uns gehen«, meine Mutter läuft in die entgegengesetzte Richtung, über eben die ungepflasterte Straße, die das Taxi, das uns vom Bahnhof hergebracht hat, gefahren ist. Ich sehe sie voranschreiten, als pralle sie mit ihren kurzen Schritten vom Boden ab und fange das Gewicht des Körpers auf. Sie ist rund geworden. Es gibt Frauen, die tendieren zur Kugel und andere, die tendieren zur Stange. Meine Mutter gehört zur ersten Gruppe, und es ist durchaus möglich, dass auch ich in die Richtung gehe. So von hinten könnte sie mit ihrer braunen Hose, ihrem schwarzen Mantel und ihren offenen Schuhen eine beliebige Frau auf der Straße sein. Und wenn ich sie gehen lasse? Wenn ich sie weitergehen und zwischen den Leuten im Dorf verschwinden lasse? Und wenn ich mich versteckt halte und ihr nachspioniere? Wenn ihr klar wird, dass sie allein ist, wird sie Hilfe suchen müssen. Das wäre eine gute Art, ihre Erzählung über sich selbst und ihre Umstände auf die Probe zu stellen. Wenn ein Kind sich verirrt, geht es zu einem Erwachsenen und fragt nach seiner Mutter: Sagt alles, was es über sie weiß. Meine Mutter müsste nach mir fragen, meine Daten angeben und in drei schlüssigen Zeilen zusammenfassen, wer sie ist und warum sie hier ist, verloren in einem fremden Land.

»Lass uns zum Fluss gehen«, ich habe sie eingeholt, »der ist nah.«

Wir laufen ein paar hundert Meter, die sie zum Hecheln bringen, und setzen uns an den Rand eines Stegs, mit Blick auf einen alten, verfallenen Ruderklub. Ich reiche ihr die kleine Wasserflasche aus meiner Tasche, sie trinkt. Auch ich trinke.

»Und was ist an dieser Kuh so besonders?«, fragt sie.

Ich denke ein wenig darüber nach und komme zu dem Schluss: nichts. Das heißt, es ist eine schöne Kuh innerhalb der Norm – weiß mit schwarzen Flecken –, aber sie tut nichts Außergewöhnliches, außer gemächlich eine große Menge dunkelgrünen Grases wiederzukäuen, um zu beweisen, dass eben wegen ihrer natürlichen Ernährung auch ihre Erscheinung und der Geschmack ihres Fleisches perfekt sind (und »wahrhaftig«). Ich erkläre ihr, dass die Kuh in den Weiten des Weidelands aufgewachsen ist, dass sie Muskeln entwickelt hat beim frei Herumlaufen und dass es jetzt ihre Mission ist, ihre Spezies zu erlösen. Die Kühe der Zukunft sind denen der Vergangenheit ähnlich, doch sie sollen frei leben und ruhig sterben, um unsere neuen Generationen zu ernähren, die gesünder und kräftiger sein werden, schlauer als jene, die sich mit Kühen aus *feedlots* vollgestopft haben, Tiere aufgepumpt bis zum Platzen, deren Fleisch sich weich, großherzig und rosig auf dem Stahltisch ergießt, wo man sie zergliedert, um sie dann gepresst und vakuumverpackt in die ganze Welt zu liefern: das Wundermittel für eine proteinreiche Ernährung.

»Ah ja«, nickt sie.

Ich denke mir, dass sie sich einiges fragt. Zum Beispiel, was *feedlot* bedeutet; aber die Möglichkeit, mich zu fragen, schließt sie aus, weil die Antwort sie nicht wirklich interessiert. Mich auch nicht. So wie ich auch kein Interesse daran habe, ihr die Kuh zu zeigen oder mit ihr im Zug spazieren zu fahren. Das alles ist ein Vorwand, um aus der Wohnung zu kommen und Zeit mit ihr zu verbringen. Um meinen Kopf zu durchlüften und versuchen zu verstehen. Ich atme tief ein, die Luft riecht nach Schlamm.

»Was mir hier am meisten gefällt, ist der Himmel«, sage ich.

»Ach ja?«

Ja. Ich finde, der argentinische Himmel ist großflächiger als jeder andere Himmel, den ich je gesehen habe. Das Hellblau beherrscht alle Farbtöne. Sie haben es ja schließlich auch für ihre Fahne gewählt, denke ich, weil seine Präsenz überwältigt. Ich erinnere mich daran, wie León für die Schule das Lied zum Tag der Fahne übte: »Von der Hochebene bis in den Süden, vom blauen Meer bis zur Kordillere, wo immer ich zum Himmel blicke, sehe ich meine Fahne«, jaulte der Junge, Hand auf der Brust in der feierlichen Pose, die ihm seine Lehrerin beigebracht hatte. Ich sah ihn vom Chesterfield aus, hinter ihm die Glastür und als Beweis der Hintergrund, mit Wolken.

Meine Mutter seufzt, schließt beim Einatmen die Augen und öffnet sie beim Ausatmen wieder. Sie ist offensichtlich froh, hier zu sein, über ihr das himmelblaue Zelt und vor ihr das süße braune Wasser. Ein exotisches Lebewesen akklimatisiert sich an ein neues Habitat.

»Die Sonne geht unter.« Mit zusammengekniffenen Augen blickt sie auf den Horizont, konzentriert sich auf den Fetzen orangen Lichts, der vor dem Erlöschen ist.

Es kommen noch mehr Leute auf anderen Stegen zusammen, um den Sonnenuntergang zu erleben.

Wir, melancholische Menschen, die ein Schiff verabschieden, widmen jenen, die wegfahren, gefühlvolle stumme Sätze: Hier bleibt, unwiederbringlich, eure Vergangenheit, aber ihr wisst es nicht. Das Taschentuch im Wind. Wäre ich nicht so sehr dem Naturalismus verpflichtet, könnte ich eine Beschreibung der Bahn liefern, die dieser Sonnenuntergang zeichnet, – um meine Mutter zu beeindrucken oder um den Augenblick zu kapern und ihn einzufrieren: »Bitte, bitte,« fleht eine schwache Stimme von Innen, »lass diesen Sonnenuntergang keinem anderen gleichen.«

Als ich noch jünger war, fiel es mir schwer, bei einer plötzlichen Eingebung nicht zu handeln, aber mit den Jahren habe ich gelernt, solche Impulse zu zähmen, ich habe mich an die Enttäuschung gewöhnt. Besser so, denn manchmal war der Impuls so ehrgeizig, dass er eine andere Welt wollte. Aber von einem einsamen Winkel aus die Welt zu verändern erforderte eine Anstrengung, die mich lähmte. Es heißt, dass Veränderungen, die man als Einzelner in Gang setzt, auf die Realität nur einwirken, wenn man eine ganz große Dosis täglicher Arbeit über eine unbestimmte Zeitspanne hinweg einsetzt. Wie bei den Ameisen. Heute Abend will ich nicht mehr die Welt ändern, ich will nur etwas zwischen uns beiden verändern. Ich weiß auch nicht, wie ich das angehen soll. Ich müsste damit beginnen, das Terrain von Unkraut und Gestrüpp zu befreien. Ich müsste auf den

Grund kommen und dort die Fragen finden, sie sodann vereinfachen.

Die Sonne versinkt, das scheint langsamer zu gehen als alles andere, seine eigene Zeit zu haben.

»Ich hätte nicht gewusst, was ich mit euch anfangen soll«, sagt meine Mutter.

»Was?«

»Ich hatte euch in mir.« Sie greift ihren Bauch, den unteren Bereich, der wie ein Fleischgürtel aussieht, ein zartes Filet, das man aufschneiden will. »Danach habe ich mich um euch gekümmert. Das habe ich getan: Ich habe meinen Körper benutzt und euch bekommen, mich danach um euch gekümmert. Wie jedes wilde Tier.«

Die Mutter rennt über den Strand, klettert die Uferböschung hinauf, die in den Garten übergeht, setzt zu einem Pantersprung an und landet in der kleinen Lichtung zwischen den Bananenstauden, Mangobäumen und Tamarinden. Sie hebt den Kittel, hockt sich hin und stößt ohne jede Mühe ein, zwei Junge aus. Sie zertrennt die Nabelschnur mit ihren Zähnen, leckt die kleinen Geschöpfe sauber und rennt weiter.

»Aber dann kommt der Zeitpunkt, wo das nicht mehr reicht«, fährt sie fort. »Es muss etwas in die Köpfe hinein.«

»Was?«

»Ich weiß nicht was. Deshalb habe ich euch abgegeben, damit jemand, der Bescheid weiß, es in eure Köpfe steckt. Über kurz oder lang tun das alle. Man schickt die Kinder zur Schule, damit ein anderer diese Arbeit erledigt, die ein Mysterium bleibt.«

Ich frage mich, ob sie dafür gekommen ist. Eine karge, enttäuschende Erklärung: etwa drei Sätze für zwanzig Jahre.

»Ich kann mich an nichts von dem erinnern, was sie mir in der Schule beigebracht haben«, sage ich.

»Sie haben dir beigebracht, etwas zu erreichen. Und das ist gut, man muss wissen, wie man etwas erreicht, denn darum geht letztlich alles. Ich weiß nicht, wie man irgendwas erreicht. Vicky schon, sie war ehrgeizig. Man muss ehrgeizig sein; verliert man den Ehrgeiz, gilt man als verrückt.«

»Aha.«

Dann dreht sie einem Huhn den Hals um, hängt es kopfüber an einen Baum, damit es das Blut durch den Schnabel spuckt. Sie rupft es, zerteilt es, spült jedes einzelne Stück mit Salzwasser und reiht die Stücke auf einem steinernen Arbeitstisch auf.

»Ihr seid herangewachsen und wusstet dies und das. Ich dagegen machte immer so weiter. Ich hängte eure Wäsche in die Sonne, damit sie sich warm für euch anfühlte, ich machte Wasser heiß für eure Morgendusche und bewahrte euch so vor der ersten Kälte, ich kochte für euch das, was ich lecker fand … Ihr wart für Höheres da. Euch zu ernähren war für mich eine hochwichtige Mission. Aber dann hattet ihr auf einmal Meinungen, kamt mir damit, dass tierisches Fett schlecht, Hühnerbeine das Letzte seien. Vielleicht haben sie recht, dachte ich. Sagte mir: Keine Aufregung, du lebst in einer Höhle, und sie bringen dir bei jedem Besuch das Licht.

Die Töchter sehen sie vom Inneren des Hauses aus an: Die eine isst ein Stück Brot, die andere flicht sich Blumen in einen Zopf.

»… ich dachte: Das nächste Mal sage ich ihnen dies und das, tue dieses und jenes; ich werden ihnen das Haar mit Kokoswasser waschen und sie frisieren, auch wenn sie das nicht mögen.« Sie lacht, ein kindliches Lachen, als habe sie etwas höchst Ungehöriges gesagt. »Denn wenn ihr weggefahren seid, hatte ich immer das Gefühl, dass etwas unerledigt geblieben war. Verstehst du mich?«

Zu Weihnachten nimmt die Mutter ein Lamm aus, entfernt die dunklen Gedärme. Sie schmiert den hohlen Körper mit Öl ein und füllt ihn mit Pflaumen, Reis, Knoblauchzehen. Sie wäscht sich die Arme, um das trockene Blut, das alte Fett, die Schmutzkruste zu entfernen. An den Bäumen hängen bunte Lämpchen. Es wird gefeiert.

Ich habe mir Notizen zur Bewerbung für das Stipendium gemacht. Die Idee mit dem Tagebuch habe ich verworfen. Es scheint mir zu gezwungen, die Zeit, in der die Dinge verlaufen, zu registrieren. Das bedeutet, es für gegeben anzusehen, dass es eine einzige Zeit gibt, die sich nur in eine Richtung bewegt: vorwärts, und dass nichts und niemand sie brechen kann. Wir wissen nichts über die Zeit. Mag sein, sie geht nicht voran, mag sein, es gibt sie gar nicht.

Jetzt taucht in meinen Notizen eine Figur auf, genannt »die Mutter«. Aber es ist nicht meine Mutter. Sie ähnelt ihr ein wenig, aber sie ist es nicht. Meine Mutter machte so etwas nicht. Sie setzte sich hin und sah dabei zu, wie ein anderer es machte, gab sogar den einen oder anderen richtigen Hinweis. »Der Schnitt muss vertikal erfolgen, in Richtung des Knochens.« Oder: »Nimm die Nierchen raus, damit das Fleisch nicht bitter wird.« Aber sie machte sich nicht ans Fleisch, weil sie darin nicht geschickt war. Ich weiß nicht mehr, worin sie geschickt war. Im Schauen vielleicht. Sie verbrachte schauend die Zeit.

Ich habe immer gedacht, dass Schauen auch meine Fähigkeit ist.

»… ich wusste eben im Augenblick nicht, was ich euch sagen sollte, das fiel mir erst später wieder ein. Wenn ihr nicht mehr da wart. Aus der Distanz ist alles leichter«, seufzt sie. »Verstehst du, was ich meine, Kindchen?«

Ich verstehe. Es handelt sich ja nicht um die Vermutung von Hodge.

»… aber ihr seid dann nicht mehr gekommen.«

Wir sind sehr nah beieinander, ich entsinne mich nicht, ihr je so nah gewesen zu sein. Körperlich nah, meine ich. Ihr Duft nach Wildrose steigt mir in die Nase. In meiner Familie wurde Zärtlichkeit nicht gepflegt. Wir respektierten die Distanzen, geizten mit Berührungen. Wenn ich in die Häuser meiner Freundinnen kam und dort all das Umarmen, Geküsse und Gestreichel sah, schaute ich lieber weg. Insbesondere wenn wir in einem Pool waren – die Häuser meiner Freundinnen hatten alle Pools – und die Leiber sich allzu leicht aneinander rieben. Ich hatte das Gefühl, dass sich alle – Vater, Mutter, Brüder – vor mir entblößten und sich daranmachten, Hand anzulegen.

Wenn meine Schwester uns von ihrem Kreuzfahrtschiff aus sehen könnte, würde sie ihren Augen nicht trauen. Auch wenn diese Nähe, wie jede, eine Frage der Perspektive ist. Vom Schiff aus, inmitten des Meeres, sähe meine Schwester uns so nah, wie man die Sterne am Himmel sieht, jedermann weiß aber, dass eine riesige schwarze Leere die Sterne trennt.

»Schau mal«, sagt meine Mutter und deutet auf den Horizont. Da ist ein roter Spalt. Die Wunde, die zwischen dem Fluss und dem Himmel klafft, bevor sie sich schließt. Wir stehen vor einem Beweis, dass der Raum zwischen uns sich mit etwas mehr als

Rauch füllen kann. Ist es das? Nicht schlecht. Da ich aber nicht sicher bin, ob wir dasselbe sehen, frage ich:

»Was soll ich anschauen?«

»Die Welt!«, antwortet sie, plötzlich begeistert, »manchmal ist sie wunderschön, nicht wahr?«

II

Der Ausflug hatte meine Mutter erschöpft, und sie ging früh zu Bett. Ich rief Axel an und fragte, ob ich ihn besuchen könne, er sagte ja.

Ich gucke auf das Bett, die Erhebung in der Dunkelheit, versuche zu erraten, was meine Mutter im Schlaf denkt. Was ist da im Moment vor dem Bewusstlosen? Was ist da, genau da, vor dem Abgrund? Sie schnarcht.

Ich schleiche mich ins Bad, versuche, so wenig Lärm wie möglich zu machen: Ich dusche mich, wickle mir ein warmes Handtuch um den Kopf und setze mich auf die Toilette, um den Nagellack zu entfernen. Das ist mühsam, besonders in den Rillen zwischen Nagel und Haut. Es dauert ewig.

Gegen zehn Uhr verlasse ich die Wohnung, nehme ein Taxi: wohl zwanzig Minuten über die Avenida Libertador, die Augen lassen nicht ab von diesen Wäldern, die mir nachts richtig dicht erscheinen. Ich erinnere mich, dass ich am Tag, als ich Axel kennenlernte, seinen Namen gegoogelt habe. Nicht Namen und Nachnamen, nur seinen Vornamen *Axel*, ich wollte wissen, was er bedeutet. Er hat zwei Bedeutungen. Die erste ist biblisch, kommt vom hebräischen Absalon, das heißt *Vater des Friedens*. Wörtlich übersetzt bedeutet »Axel« jedoch *Streitaxt*. Wie kann der Name zwei so gegensätzliche Bedeutungen haben? Damals habe ich das Marah erzählt, die meistens auf alles eine Antwort hat. Sie kam ins Grübeln und sagte dann mit ihrer aristokratischen Stimme – also ein paar Tonlagen höher als der restliche Plebs: »Hast du richtig gegoogelt?«

Marah sehe ich schon fast so lange nicht mehr, wie ich mit Axel ausgehe. Vielleicht ist das noch diese Jungmädchen-Macke, die Freundinnen für die jeweiligen Liebsten zu vernachlässigen. Marah ist eine dieser geistreichen Frauen mit schwerer Kindheit, allerdings in einem abstrakteren Sinn als die schweren Kindheiten, von denen ich zuvor gehört habe. Marah wurde nicht geschlagen, nicht missbraucht, nicht einmal böse angesehen; sie wurde nur in einem komfortablen Haus voller Kissen und Bücher alleingelassen. Ihre Mutter reiste, ihr Vater reiste, die Lover ihrer Mutter reisten, und die Geliebten des Vaters reisten auch. »Aber wohin denn?«, fragte ich sie. Ich wollte nicht die Reiseziele wissen, sondern den Sinn des Reisens verstehen: als Tourist zu reisen ist nicht dasselbe wie als Diplomat zu reisen. Marah machte sich nicht die Mühe, mir zu antworten. Das sollte mir genügen, um ihren Hang, all ihre Beziehungen – zum Psychiater, ihren Kollegen, dem Akupunkteur, sogar zu mir – für eine Gelegenheit zur Heilung und Rettung zu halten und, falls es da noch eine Ritze gab für diese Möglichkeit, ihren Hunger auf stürmischen, kaputten Sex zu stillen.

Als sie zum Waisenkind wurde – Vater Infarkt, Mutter Überdosis –, verbrachte sie ganze Nächte weinend auf meinem Diwan, was mich befremdete. Sie hatte ihre Eltern seit vielen Jahren nicht gesehen, und von der Krankenschwester, die sie benachrichtigt hatte, erfuhr sie zudem, dass sie über den Tod des Vaters nicht einmal als Erste informiert wurde. Wer war die Erste? Ihre Mutter, die gerade in Uruguay auf Reha war und wenige Monate später starb. Dann die derzeitige Freundin des Vaters; dann die vormalige Freundin, danach der Geschäftspartner. Als er die Liste der mit ihm verbundenen Personen aufsetzen sollte, hatte er sie an fünfter Stelle platziert. »Vergiss es, sie waren schon gestorben«, sagte ich zu ihr. Marah hörte auf zu weinen und nickte: »Du hast recht.« Nach einer Weile jedoch sah sie mich an, die Augen so geschwollen, als hätte man sie geschlagen, und fügte hinzu: »Deine Sensibilität ist verstopft wie die Rohre eines alten Hauses.«

Was würde Marah zu dem Besuch meiner Mutter sagen? Was wäre ihre Diagnose?

Axel öffnet die Tür, er hat eine Schürze umgebunden, die etwas zu klein für ihn ist. Axel ist groß, nicht so sehr in die Höhe als in die Breite gewachsen. Sein körperliches Erscheinungsbild ist das eines

Gladiators. Zumindest mir kommt es so vor. Als ich Marah ein Foto von ihm zeigte, sah sie in ihm eher den Typus des Steinzeitmenschen. Wie auch immer, antwortete ich, er gefällt mir. »Robuste Männer gefallen mir«, das habe ich gesagt. Als der Satz aus meinem Mund kam, fühlte er sich wie eine Entdeckung an. Ich dachte: Ich weiß Axels physische Beschaffenheit zu schätzen, so wie ich eine ordentliche Matratze einer Isomatte vorziehe. Sein Körper ist für mich bequem.

»Du hast es schnell hergeschafft.« Er gibt mir einen Kuss.

»Es gab kaum Verkehr.«

Drinnen riecht es gut. Da köchelt etwas. Ich komme nicht dazu nachzugucken, denn kaum bin ich im Wohnzimmer, zieht mich Axel zum Sofa, und wir haben Sex – diese Art von hastigem Sex, der bei uns öfters vorkommt, als müssten wir das hinter uns bringen, den Organismus reinigen, um danach wie normale Menschen funktionieren zu können. Die letzten drei Male, die wir beisammen waren, fingen genauso an. Sex in seinem Auto, Sex auf meinem Diwan, Sex auf seinem Sofa. Riskanter Sex, aber wozu das Offensichtliche hervorheben. Wenn du am Rande eines Abgrunds entlanggehst, ergötzt du dich nicht an der Aussicht.

»Womit bist du zugange?«, fragt er mich, als wir schon angekleidet am Tisch sitzen und Fleisch, Kartoffeln und Salat essen.

»In welcher Hinsicht?«

»Welche ziehst du vor?«

»Ich bin mit dieser Kuh zugange.«

»Geht's voran?«

»Ich schätze schon. Und womit bist du zugange?«

»Ich bin mit Walen zugange.«

»Mit was?«

Ich glaube, falsch gehört zu haben.

»Ich gehe Wale filmen.« Seine Stimme hat den siegreichen Ton von einem, der bekannt gibt, einen Preis gewonnen zu haben.

Mir fällt es schwer zu schlucken. Plötzlich fühlt sich das Fleisch gummiartig an, obwohl es mir vor Sekunden noch perfekt gegart schien.

»Ah ja?«, sage ich.

»Ja«, er zieht die Schultern hoch, »ein großes Projekt, das bedeutet Geld.«

Ich frage mich, ob Axel mir von diesem Projekt erzählt hatte und ich es vergessen habe oder ob dieses plötzliche Abhauen etwas ist, was zwischen uns erlaubt ist, auch wenn nie darüber gesprochen wurde, oder gerade weil nie darüber gesprochen wurde.

»Ein Dokumentarfilm?«

Axel wiegt zweifelnd den Kopf.

Das Wort Dokumentarfilm taucht vor meinen Augen auf wie ein Neonschild am Morgen, schrill und schmerzhaft.

»Etwas in der Art.«

Ich will ihm sagen, dass ich dokumentarische Tierfilme hasse. Stattdessen kaue und schlucke ich.

Vor allem hasse ich diejenigen, die dokumentarische Tierfilme machen: Sie sind davon überzeugt, dass der Planet vollkommen wäre, wenn ausschließlich diese Kreaturen ihn bevölkerten. Denn die würden daraus einen Raum voller Kraft und Hoffnung machen, nicht den erschöpften Ort, zu dem wir Menschen ihn gemacht haben. Welch Naivität.

»Und wo sind die Wale?«

Welch Anmaßung.

»Je nach Saison. Im Frühling sind sie im Süden, in Puerto Pirámides.«

Der Frühling ist noch zwei Jahreszeiten entfernt. Da fallen noch viele Blätter.

Wann verschwindet Axel? Für wie lange?

Ich denke an León, der gegen das Häufchen aus trockenen Blättern tritt: Ich sehe sie hochstieben, wieder landen, ein leichtes Knacken, wie bei gebrochenen Versprechen. Ich sehe Susans Gesicht, immer zu sehr von anderen Gedanken verschattet, um für die Kapriolen ihres Sohns offen zu sein.

Ob ich Axel besuchen kann? Eine voreilige, riskante Frage. Ich lasse sie.

Marah sagt, dass der Erfolg einer Beziehung sich in dem Augenblick zeigt, wenn der eine die Entscheidung trifft, die Liebe einzuäschern: »Kaum siehst du das kommen, willst du einen Kanister Benzin auf ihn schütten.« Wenn du es an dem Punkt weiterlaufen lässt, kannst du dir auch gleich selbst den Kanister überschütten. Und dann das Streichholz. »Selbstopferung«, belehrte sie mich an einem Nachmittag, als wir auf meiner Terrasse neben dem mit feuchter Wäsche vollgehängten Wäscheständer lagen und auf eine Wolke blickten, die sich wie eine Riesenamöbe voranbewegte: »Das ist der wissenschaftliche Begriff für die Liebe.«

Nach dem Abendessen zogen wir um in sein Bett, und jetzt schauen wir eine Serie, die uns beide langweilt, aber keiner schaltet sie ab. Die Menschen in dieser Serie sind schön, erfolgreich, weiß, wohlerzogen und reich, sie sind aber traurig. Alle. Sehr traurig. Ich hasse die Traurigkeit, sie hat etwas Schwülstiges. Vertrauter bin ich mit dem Ärger. Ich kann das, was mit Susan und León los ist, besser verstehen als das, was mit Marah los ist. Oder mit meiner Mutter.

Und Axel? Was ist mit Axel los? Was ist mit mir los?

Ich lege mich auf die Seite, und er tut es mir nach: Wir schauen uns in die Augen, und es fällt uns leicht. Eine vitale Aktion und nicht eine epische Intimität, die wenige durchhalten können. Ich sehe mein Spiegelbild in seinen Augen, bis er sie schließt. Das unstete Licht des Fernsehers beleuchtet uns. Ich mag Alex sehr, fürchte aber, ihn nicht richtig zu lesen. Nicht weil ich etwas Verworrenes oder nicht Erschließbares entdeckt hätte, sondern weil ich ihn nicht kenne und er nicht mich. Zwischen uns beiden hat eine Wüste der Ungewissheit Platz. Und falls er sich als kleinlicher Kontrollfreak entpuppt? Oder als einer dieser Männer, die Kellnerinnen anmachen? Und wenn er wegfährt und nicht zurückkommt? Und wenn er geht und als ein anderer zurückkommt?

Es ist immer möglich, ein und dieselbe Situation unterschiedlich zu verstehen und es nicht zu bemerken. Am ersten Morgen, als wir gemeinsam aufstanden, sagte Axel, er sei froh über mein »Erscheinen«, weil er letztens alles sattgehabt hatte. Ich dachte, was hat er satt?, aber da ich auch alles ziemlich satthatte, sagte ich zu ihm: »Ich auch.« Als wir uns damals anblickten – aus demselben Winkel, aus dem wir uns eben anblickten –, haben wir uns, da bin ich sicher, beide gefragt, ob wir vom Gleichen redeten.

»Kennst du die Legende vom Ursprung der Wale?«, frage ich ihn.

Langsam öffnet er die Augen.

»Nein.«

»Der König des Meeres verlor seine Frau bei der Geburt seines Sohnes. Der Kleine weinte vor Hunger, und der König des Meeres begab sich aus dem Wasser, um Hilfe beim König der Erde zu erbitten. Der schickte ihm eine kleine Kuhherde im Tausch für Perlen und Korallen. Aber die meisten Kühe ertranken, als sie ins Wasser kamen, sie waren schwer, konnten nicht schwimmen und auch nicht unter Wasser atmen. Der König des Meeres schnitt ihnen in seiner Verzweiflung die Beine ab, damit sie leichter würden, und bohrte ihnen ein Loch in den Rücken, damit sie atmen könnten. Den wenigen, die überlebten, wuchsen Flossen statt Beine, und durch das Loch stießen sie, wenn sie an die Oberfläche kamen, das Wasser aus, das sie unten geschluckt hatten.«

Axel lacht:

»Wo hast du denn diese Geschichte her?«

Er schließt wieder die Augen. Das Lächeln bleibt. Es wirkt so, als ob sich da einer an einen Witz oder einen glücklichen Moment erinnert. Aber nach einigen Sekunden sieht es, obwohl sich an der Mimik kaum etwas verändert, so aus, als spiele er das Glücklichsein, statt es zu empfinden. Ich schalte den Fernseher aus, dann drehe ich mich um. Er tut dasselbe. Unsere Rücken berühren sich. Ich denke an das Foto der siamesischen Zwillinge von Diane Arbus. Ich rücke ein wenig ab. Blicke auf das Fenster. Draußen steht ein goldener Baum, der die Fassaden von gegenüber verdeckt. Nachts ist er ein Laubvorhang, bei Tag ein einziges Funkeln, das blendet.

Meine Mutter schläft in meinem Bett, in eben der Stellung: das Gesicht zum Fenster, das auf die Terrasse geht, nur jetzt ist der Rollladen heruntergelassen.

Als ich einzog, hatte ich statt der Rollläden weiße Gazegardinen haben wollen; ich mochte es, wenn immer etwas Licht hereinkam und ich beim Aufstehen einen eher unbestimmbaren Himmel sah.

»Häng etwas zwischen Außen und Innen, Mädchen«, hatte mich die Frau von der Immobilienfirma ermuntert, als sie mir die Schlüssel übergab, etwas, das den Ausblick filtert. Wir befanden uns in meinem Schlafzimmer, schauten durch das große Fenster hinaus. So in leerem Zustand war die Wohnung von einer gnadenlosen Hässlichkeit. Die Sonne prallte auf die Terrasse, drang unbarmherzig durch die Scheiben und leuchtete grell die schludrige Verarbeitung in den Innenräumen aus, vor allem diesen weißen Kitt zwischen Wänden und Sockel. Außer dem recht gut erhaltenen Parkett aus Pinotea war alles andere drittklassig: die Möbel in Küche und Bad aus holzgemustertem Resopal, das sich an einigen Stellen hob und Luftblasen bildete. Die Fliesen auf der Terrasse gehörten zu den billigsten auf dem Markt, da sie aber rot waren, sah es so aus, als habe der Baumeister dieses besondere Detail eingeplant, um den Ort vor seinem grauen Schicksal zu bewahren. Ich stellte mir einen Architekten, besser eine Architektin vor, die mit Nägeln und Zähnen ihre ästhetische Würde verteidigt und im Gang des Baumarkts plötzlich einer Laune folgt und etwas Hübsches aussucht: »Das ist noch billig, aber hübsch.« Sie mag sich gedacht haben, dass sie sich mit diesem Wink dem Schicksal entgegenstellte, das ihr Projekt zu einer durch und durch gewöhnlichen Existenz verdammte. In der Zukunft würde ein Mieter wie ich die Wohnung betreten und denken: Scheußlich, aber die Terrasse reißt es heraus.

»Und was ist mit dem Jungen geschehen?«, fragt Axel schläfrig.

Ich drehe mich um, begegne seinem Rücken.

Ich liebe seinen Rücken, sanft und ebenmäßig.

Wie eine Saline, leichte Erhebungen an den Schulterblättern. Eines Nachts habe ich ihn gefragt, wie er es anstellte, eine solche Haut zu haben. »Das ist die Ernährung«, war seine Antwort, das Kompliment ohne Scham annehmend. Ich dachte mir: Axel ist sich seines Körpers bewusst und fühlt sich wohl in ihm. Was heißt das? Keine Ahnung. Ist das gut oder schlecht? Keine Ahnung. Das war aber nicht immer so, sagte er damals und erzählte, dass er als Jugendlicher Pickel hatte. Im Gesicht, auf den Schultern, am Rücken. Wenn jemand ihn komplizenhaft mit einem männlich-brüderlichen Schulterklopfen begrüßte, quetschte er die Pickel, und das tat so weh, dass ihm die Tränen in die Augen schossen. Ein Arzt sagte ihm dann, er solle beim Essen bestimmte Fette meiden, enthalten in einer langen Liste von Lebensmitteln, die aber zum Glück nicht so häufig in seinem Speiseplan vorkamen. Auf diese Weise wurde er zu einem dieser seltenen Exemplare Mann mit makelloser Porzellanhaut. Für Marah ein Oxymoron. Bei meinem anfangs ständigen Gerede über Axel hatte sie immer etwas beizutragen, das meine Erwartungen dämpfen sollte, mir also die Enttäuschung ersparen, die mich früher oder später ereilen würde: »Ein Mann ist ein raues Ding, an dem man sich reibt, um selbst zarter zu werden, *not much more!*«

»Mit welchem Jungen?«, frage ich ihn.

»Dem Sohn des Königs der Meere«, murmelt Axel. »Er hat gelebt und geherrscht.«

Es ist schrecklich spät. Ich schätze drei, vier Uhr morgens.

Ich kann nicht einschlafen. Ich schließe die Augen und denke mir einen Traum aus: Um die Mittagszeit verabschiede ich mich von Axel, steige in ein Taxi und fahre zu meiner Wohnung. Als ich die Tür öffne, habe ich wieder Axel vor mir, er sitzt im Chesterfield und unterhält sich mit meiner Mutter. Beide lachen. »Warum hast du denn nichts gesagt?«, fragt Axel amüsiert, und ich suche nach einer Antwort, aber meine Mutter kommt mir zuvor: »Da gibt es nichts zu sagen«, sie wedelt mit der Hand, »jetzt sind wir alle beisammen, jetzt ist alles gut.« »Wo ist Ágata?«, frage ich, von einer schrecklichen Vorahnung erfasst. Ich stürze auf die Terrasse, beuge mich über die Brüstung und sehe sie, auf das Trottoir geschmettert, den Bauch nach oben, darin klafft ein langer Riss, aus dem Dutzende von Kätzchen quellen.

»Du lieber Gott«, ich öffne die Augen, »Ágata.«

»Wer?«, fragt Axel.

Ich antworte nicht.

12

Es ist nach zwölf Uhr. Axel bietet an, mich heimzubringen, aber ich wehre ab.

»Ich brauch frische Luft«, sage ich, worauf er die Unterarme hebt, dabei die Handflächen zeigt, als wolle er sagen: Ich werde mich nicht zwischen deine Nase und die Luft stellen.

Davor hatten wir Mate getrunken. Er bot mir Gebäck an, aber ich wollte keins, aß eine Mandarine, er aß Banane und Kiwi und eine Körnermischung, die ihm sein Ernährungsberater zusammengestellt hatte. Am Ende dann rammte er sich ein Croissant rein, was mich erleichterte. Falls dies das letzte Mal sein sollte, dass ich ihn sah, dachte ich, blieb mir zumindest nicht das Bild eines Typen zurück, der den Kohlehydraten widerstand.

Sein Plan für heute ist, schwimmen zu gehen.

Danach hat er einen Videocall mit den Produzenten des Walfilms. Es sind Schweizer. Oder Finnen. Ich habe nicht aufgepasst, als er es sagte. Bei diesem virtuellen Treffen wird der zeitliche Rahmen festgelegt.

»Ah ja.«

Ich lasse den Blick durch seine Wohnung wandern: das graue Sofa, die Holztreppe, die zum Obergeschoss führt, zu seinem Schlafzimmer, seinem Badezimmer, vollgestellt mit Zitrusshampoos; die hohen Fenster mit den beschlagenen Scheiben; die Deckenlampen weiß wie die Wände, diese sind seltsam leer, dafür dass es sich um die Wohnung eines Fotografen handelt. Die Bilder, die er besitzt, stehen in einer Ecke des Wohnzimmers, eins ans andere gelehnt, manche noch in Folie gewickelt. Es sieht so aus, als seien sie mit dem Umzug gekommen oder als würden sie bald abtransportiert. Die meisten sind Geschenke von Kollegen. »Zuhause brauche ich Ruhe für meine Augen«, sagte er, als ich nach seinen nackten Wänden fragte, »will mir gewissermaßen den Gaumen säubern.«

Ich sehe mir alles mit der Neugier des ersten Mals an, weil ich das Gefühl habe, es könnte das letzte Mal sein. Dann aber möchte ich kein einziges Detail vergessen. Wozu? Damit ich etwas habe, an das ich mich klammern kann, wenn ich ihn vermisse, denke ich in einem Anfall von Drama.

»Wann sehen wir uns?«, sagt Axel, streckt dabei eine Hand aus, um mir eine Haarsträhne wegzustreichen, die mir vorn über die Schulter fällt, als richte er mich für ein Porträtfoto her. Ich frage mich, ob er mit meinem Gesicht das gleiche macht wie ich mit seiner Wohnung. Memorieren.

Ich stelle mir vor, dass er seine Kamera holt und ein

Foto von mir macht, das er später vergisst. Aber eines Tages, als er gerade Visitenkarten durchsieht, stößt er auf mich, die Augen voller Fragen, die ich nie ausgesprochen habe. Es kann Monate dauern, bis er auf mein Gesicht stößt. Kann man in ein paar Monaten ein Gesicht vergessen? Nicht die Gesamtheit, wohl aber die Einzelheiten. Alle Details zurückzugewinnen ist unmöglich, als beanspruche man, alle Sternkonstellationen einer Galaxie zu erfassen. Wenn er wieder meinem Gesicht begegnete, würde er mich erkennen, natürlich, aber vielleicht über einen Gesichtszug staunen oder über einen Ausdruck, dem er zu jenem Zeitpunkt keine Aufmerksamkeit geschenkt hatte. Dann würde er möglicherweise den Schlüssel zu dem finden, was ihm nicht ganz klar war, was sich ihm nicht erschlossen hatte, ihn daran gehindert hatte, bei mir zu bleiben, statt fortzufahren und Wale zu filmen. Was fehlt mir?, frage ich mich, warum wählt er nicht mich?

»Bald«, sage ich.

»Wann?«, insistiert er, legt den Kopf schräg.

Ich bin eine Kerze, die sich vor dem gleichmütigen Blick eines anderen verzehrt.

»Ich weiß es nicht.«

»Wir telefonieren später?«

»Okay.«

Als ich zu Hause ankomme, sitzt León auf der Stufe vor dem Eingang. Er wirkt gelangweilt. Oder verärgert. Wahrscheinlich kann er selbst nicht entscheiden, welche der beiden Empfindungen ihn mehr stört und ihn zwingt, sich in sich selbst zurückzuziehen wie eine dieser Pflanzen, die sich bei der geringsten Berührung schließen. Die Frau vom Schulbus geht, das Handy am Ohr, auf dem Trottoir auf und ab. Vermutlich spricht sie mit Susan, sagt, sie könne nicht so lange warten, schließlich habe sie noch andere Kinder zu verteilen.

»Hallo«, sagt León.

»Hallo«, antworte ich. »Was machst du hier?«

León zuckt mit den Schultern, gibt sich ahnungslos.

Was für eine blöde Frage. Was soll er da schon machen? Wie kann der arme Kleine darauf antworten? So, wie er es getan hat: mit vorgetäuschter Gleichgültigkeit.

Die Frau vom Autobus kommt näher. »Wart mal kurz, nicht nervös werden«, sagt sie ins Telefon, in einem Ton, der beruhigend sein soll, aber brüsk klingt. »Da ist eine junge Frau, die mit León spricht.« Sie wendet sich mir zu: »Bist du das Kindermädchen?«

Susans Stimme ist zu hören, aber ich kann die Worte nicht verstehen. Die Frau sagt: »Ich gebe sie dir mal.« Sie reicht mir ihr Handy.

In der Wohnung befreit León sich von seinem Rucksack, den Schuhen, der Windjacke und dem Kapuzenshirt, als werfe er im Voranschreiten Hautschichten ab. Ich folge ihm, hebe seine Sachen nicht auf, schaue dabei zu, wie sie auf den Boden fallen. Ich frage mich, wo meine Mutter steckt. Die Tür zum Schlafzimmer steht offen, alles ist ordentlich und sauber. Ich gehe in die Küche, sie ist leer. Als ich zurück ins Wohnzimmer komme, trete ich aus Versehen auf Leóns Kapuzenpulli, der nun schreckhaft verrenkt daliegt. León hat es sich schon auf dem Diwan bequem gemacht, er sitzt in Indianerstellung da, die Ellbogen auf die Knie gestützt und das Kinn in den Händen. Er seufzt:

»Hast du immer noch keinen Fernseher?«

»Nein, aber ich hab was Besseres.« Ich öffne die Schiebetür und gehe auf die Terrasse, wo Ágata in der Sonne schläft. León springt auf und kommt hinter mir her. Er wirft sich auf die Katze wie ein Jagdhund auf einen Hasen, Ágata will noch fliehen, aber León ist schneller.

»Du bist wieder da!« Er nimmt Ágata so fest in die Arme, dass sie kreischt. Schließlich kapituliert sie und lässt sich von dem Jungen streicheln, und augenblicklich ist seine gute Laune wieder da, als hätte seine Mutter ihn nie auf dem Gehsteig vergessen.

»Ich mach uns einen kleinen Imbiss«. Ich gehe hinein, sehe meine Mutter in der Küchentür. Ihre Präsenz überrumpelt mich. Sie hat schon Brotscheiben geschnitten, Butter in die Butterdose getan, den Schinken und den Käse herausgeholt. Alles auf der Arbeitsfläche bereitgestellt.

»Wow«, sage ich.

Sie lächelt mich an. Die Prellung im Gesicht ist wieder zu sehen. So was von launenhaft, sie kommt und geht, wie es ihr gefällt. Ich strecke die Hand aus, um sie zu berühren, ein Impuls, den ich nicht unterdrücken kann. Mich zieht die Schwellung über dem Backenknochen an: Die Haut ist straff, glänzend und glatt wie Plastik. Meine Mutter bewegt sich nicht, lässt sich berühren; als meine Fingerkuppen in Kontakt mit ihrer Haut kommen, ist es so, als berührte ich meine eigene Haut, ein leichter Schmerz am Knochen, der mich zwinkern lässt. Beim Flattern der Wimpern, das nur Sekunden dauert, stürmen Bilder auf mich ein, die schnell, aber deutlich vorbeiziehen: Meine Schwester nimmt mich an den Schultern, zieht mich aus diesem dunklen Zimmer, das auf das Meer und den Sturm hinausgeht, ein Lärm wie bei heftigem Applaus. Meine Schwester und ich sitzen auf einem hohlen Stamm unter den Bananenstauden, den Palmen und dem Kautschukbaum, von dem klebrige Spucke tropft, und über allem der Mond: ein leuchtender Pinselstrich im Dunkel. Meine Schwester und ich geblendet vom Fernlicht eines Kleinlasters, der schnell herankam und laut hupte: »Endlich«, sagte die Schwester und drückte meine Hand.

»Sie ist weg!«, schreit León von draußen.

Ich gehe und stoße im Gang auf ihn, er hat beide Arme ausgestreckt und zeigt mir Kratzspuren.

»Wir gehen dich waschen.« Ich führe ihn ins Bad und wasche ihm die Arme mit Wasser und Seife.

»Ich hab ihr nichts getan«, sagt er, »ich hab sie gestreichelt, und dann hat sie mich gekratzt.«

»Manchmal wird sie eben kratzbürstig.«

»Aber warum denn?«, beharrt er mit gebrochener Stimme, »ich hab ihr doch nichts getan.«

Ich nehme ein Desinfektionsspray, und er beklagt sich, weil es brennt. Ich suche eine Mullbinde und gebe sie ihm: »Trockne es ab.«

Er gehorcht schweigend.

Als wir auf die Terrasse zurückkehren, ist der Tisch gedeckt. Ein in Dreiecke geschnittenes Sandwich, ein Schüsselchen mit Cherry-Tomaten, ein Teller mit kleinen Häppchen. León betrachtet das alles etwas verwirrt. Was ich ihm sonst biete, pflegt karger zu sein. Er soll sich setzen, sag ich, ich käme gleich mit Wasser zurück. Als ich aber hineingehe, kommt mir meine Mutter mit einem Glas Kakao entgegen. Wir kehren gemeinsam auf die Terrasse zurück, setzen uns. Meine Mutter stellt den Becher auf den Tisch, und er kippt ihn genüsslich herunter.

»Das ist meine Mutter«, stelle ich sie ihm vor.

Er hört auf zu trinken, schaut uns an und lacht, als würde man ihn teuflisch kitzeln. Dann kehrt er zu seinem Becher zurück und trinkt mit langsamen, regelmäßigen Schlucken. Verunsichert gucke ich zu meiner Mutter, weil auch sie lacht.

»Über was lacht ihr?«, frage ich.

Meine Mutter hebt die Hände in einer Geste der Ohnmacht, wie jemand, der sagt, was weiß ich.

Sogleich taucht Ágata auf, sie steht auf der Trennmauer zu den Nachbarn. Sie hat etwas im Maul, das sie mit einem trockenen, schweren Schlag zu Boden fallen lässt: eine fette Taube, riesig, die im Todeskampf zittert.

»Wie eklig«, sagt meine Mutter und eilt ins Haus. Ich nehme an, sie holt einen Beutel, um den toten Vogel zu entsorgen, aber sie lässt auf sich warten.

»Nicht bewegen, fass sie nicht an«, sage ich zu León und gehe in die Wohnung, zur Küche. Ich hole Gummihandschuhe und eine Plastiktüte. »Mama?«, rufe ich. Keine Antwort.

Sie hat schreckliche Angst vor der Katze, wie absurd. Bei uns zu Hause fand man am Boden unter der Dusche eingerollte Schlangen. Es gab auch mal eine Füchsin, die nicht mehr aus dem Hohlraum zwischen Decke und Dach herauskam und die ganze Nacht von hier nach dort galoppierte – takatum, takatum, takatum. »Das sind die Toten«, sagte die Machi, als meine verzweifelte Schwester, sich die Ohren zuhaltend, sie anflehte, doch die Pistole von Eusebio zu holen und das Tier zu erschießen.

Als ich wieder auf die Terrasse komme, sitzt León noch am Tisch, und Ágata frisst ihm aus der Hand. Sie schlingt ein Häppchen hinunter. Ich schätze, es wird ihr schlecht bekommen, und sehe mich schon später das Erbrochene aufwischen. Die Taube ist weg.

»Wo ist der Vogel hin?«, frage ich León.

»Ich weiß nicht«, er zieht die Schultern hoch.

»Ein toter Vogel kann doch nicht abhauen, León, wo hast du ihn hingeschleppt?« Ich werde ärgerlich.

Ich merke, wie mir die Hitze zu Kopf steigt, und ich will León schütteln, er soll verdammt noch mal die Scheißvogelleiche rausrücken. Er hat meinen Tag schon genug durcheinandergebracht. Ich schnaufe und gehe zur Trennwand, stütze mich auf den oberen Rand, gebe mir Schwung, springe und schaue auf die andere Seite. Da liegt sie. Die fette, tote Taube, blutverschmiert, ein weicher Haufen, der auf Erikas Terrasse gelandet ist. Ich verfluche alles. Ich muss den Vogel augenblicklich entfernen, um mir eine weitere peinliche Diskussion im Hausflur oder gar eine Beschwerde beim Konsortium oder eine Klage bei der Gemeindeverwaltung zu ersparen. Ich hole einen Stuhl, klettere darauf, schwinge mich auf die andere Seite und ziehe die Gummihandschuhe an, um die Taube aufzuheben.

Hier gibt es tatsächlich Pflanzen. Viele. Schöne. Die Fenster haben Gardinen mit einem kaum sichtbaren Muster, das jedoch allem dahinter einen romantischen Zug verleiht. Wohnzimmer und Küche sind ein einziger weitläufiger Raum. Ein gestreifter Teppich in lebhaften Farben, ein langer Esstisch mit einer Tischplatte aus Marmor und Möbel aus Naturholz, wohl Eiche, zitronengelbe Kissen und gerahmte Kinderzeichnungen an den Wänden. Ein Neffe, denke ich. Ich nähere mich dem Schlafzimmerfenster, presse das Gesicht an die Scheibe und mache mir Schatten mit den Händen, um mich nicht zu spiegeln und besser zu sehen. Auf dem Bett liegt eine violette Strickdecke. Auf den Nachttischen stehen sehr hübsche Leselampen. Die kenne ich, sie kommen aus Italien. Bestimmt haben sie die von einer Reise mitgebracht, denn hier sind solche Lampen nicht zu bekommen. Was arbeiten Erika und Tomás eigentlich? Vier Jahre lang wohne ich neben ihnen und habe mich das nie gefragt. Ihre Wohnung ist wunderschön. Sie ist ihnen nicht ähnlich. Da öffnet sich die Badezimmertür, und Erika erscheint: Ihre beunruhigten Augen treffen auf die meinen. Ich weiche impulsiv zurück, laufe zur Trennmauer, klettere hinauf, springe und vergesse die Taube.

13

Der Park ist voll mit Kindern, Kindermädchen und Papageien.

León hat nicht kapiert, warum wir so eilig zu einem Spaziergang hinausmussten, er hat sich aber auch nicht gewehrt. Hier wirkt er jetzt zufrieden. Seit einer ganzen Weile schon spielt er mit einem Ball, den bis jetzt noch niemand reklamiert hat. Ich umarme seinen Rucksack, Vorhin habe ich ihn geöffnet: darin zwei Hefte – eines blau, das andere rot – und ein Federmäppchen. Heute hat er das blaue Heft benutzt. Er hat das Datum aufgeschrieben und die Lektion des Tages:

Durchsichtiges lässt das Licht durch.

Opakes lässt kein Licht durch.

Durchscheinendes lässt ein wenig Licht durch.

Seine Hausaufgabe: Gegenstände zu benennen und nach diesen Eigenschaften einzuteilen.

Ich beginne die Aufgabe im Kopf zu machen: Das Fenster ist durchsichtig. Der Rollladen ist opak. Erikas Gardine ist durchscheinend.

Es ist ein schöner Park, wenngleich ungepflegt.

Aber die Kinder sehen das nicht, sie sehen nur andere Kinder, messen sich an ihnen, kommen näher, beschnuppern einander, wie die Hunde auf den Plazas. Selbst wenn sie keinen Kontakt aufnehmen, wenn sie nicht zusammen spielen, liegt da etwas in dem Ansatz, sich mit anderen Kindern zu umgeben, das ihnen guttut und ihre Laune hebt.

Das Handy hat viermal vibriert. Es ist eine unbekannte Nummer, und ich gehe nicht ran. Es könnte Erika, Máximo, Susan sein. Es kann auch meine Mutter sein.

León tritt den Ball weit weg und rennt ihm hinterher. Er scheucht ein paar Vögel auf, die flattern hoch. Ich muss aufstehen, hinter ihm her. Er rennt so schnell, dass ich mit großen Schritten laufe, um ihn einzuholen.

»Nicht so schnell«, sage ich, als ich neben ihm bin.

Er sagt okay, wird aber nicht langsamer. Jetzt hat er den Ball wieder, tritt ihn weiter, nun gegen eine Mauer am Ende des Parks, auf die eine riesige Spinne in einem Farbfeuerwerk gemalt ist. Ich setze mich wieder, eine neue Bank, von hier aus sehe ich León von hinten und die Spinne von vorne.

Zu diesem Zeitpunkt muss Axel bereits die Übersicht über sein Walprojekt haben. Wenn er noch nicht angerufen und mir das mitgeteilt hat, dann weil er es nicht für nötig hält, mich auf dem Laufenden zu halten. Für wen halte ich mich eigentlich? Ich bin nur das Stück Fleisch, an dem er die letzten Monate herumgekaut hat – *not much more*. Und er? Für wen zum Teufel hält er sich denn? In dieser ganzen Zeit war ich so davon in Anspruch genommen, mich von Axel gesehen zu wissen, dass ich ihn selbst aus den Augen verloren habe. Möglicherweise hat Axel nur ins Leere geschaut. Die Fähigkeit zum Selbstbetrug ist unermesslich. Ich bin wütend und verletzt wie ein Missbrauchsopfer. In letzter Zeit werde ich schnell wütend. »In letzter Zeit« ist eine diffuse Zeitspanne, in die mehrere Ausbrüche passen.

Bis vor kurzem war mein Leben ein kleines Fahrzeug, das auf einem mehr oder weniger sicheren Gleis fuhr. Jetzt fühlt es sich wie ein schwerer Laster an, der jederzeit ins Schleudern geraten kann.

Eloy. Es könnte auch Eloy sein, der anruft. Morgen ist der Abgabetermin für die glückliche Kuh.

Meine Arbeit ist grässlich.

»León!«, schreie ich. Der Junge hört überhaupt nicht auf mich. Also schreie ich noch lauter, und mehrere Köpfe wenden sich mir zu, sehen mich mit Panik in den Augen an. León kommt in meine Richtung gegangen, den Blick auf den Boden geheftet, beschämt. Vielleicht verschreckt. Seine Schritte kurz, aber schnell. Ich nehme ihn fest an die Hand und frage mich, ob tatsächlich er es war, der die tote Taube auf die andere Seite geworfen hat. Ich habe ihn beschuldigt, ohne ihm Zeit zu lassen, sich zu verteidigen. Ich habe mit dem Finger auf ihn gezielt und ihn beschimpft, als sei er nicht der Sohn von Fremden; der

Sohn von jemandem, der so verletzbar ist. Dann habe ich ihn zur Eile angetrieben, er sollte sich den Kapuzenpulli anziehen und vor Erika die Wohnung verlassen. Der Aufzug stand auf der Sechs, also sind wir ein Stück die Treppe hinuntergerannt und dort eingestiegen. Schweigend sind wir geflohen, wie Verbrecher. Jetzt erinnere ich mich an seinen staunenden Blick, und Zweifel überkommen mich.

Wenn er es nicht war, war es meine Mutter.

»Komm, schnell«, sage ich jetzt, »wir müssen heim.«

Ebenso wie mit der Ratte. Aber wann? Warum?

León murmelt etwas, das ich nicht verstehe. »Ich versteh dich nicht«, sage ich.

Er wiederholt diesen unverständlichen Satz, die Augen immer noch auf den Boden geheftet, was mich noch wütender macht. Ich verfluche Susan dafür, mich in eine solche Situation gebracht zu haben. Ich vergegenwärtige mir ihre hysterischen Bitten am Telefon, ihre schrille Tonlage in meinem Ohr. Ich drücke Leóns Hand und beschleunige den Schritt. Wenn du dich nicht um dein Kind kümmern kannst, mein Täubchen, dann bekomm keins.

»Lass mich los«, schreit León und entwischt mir.

Wir sind schon aus dem Park heraus, wollen über die Straße, sobald die Ampel umschaltet. Ich sehe ihn an. Er weint. Auf seiner Hose ist ein Urinfleck, der bis zum Stiefel hinuntergeht und tropft.

»Ich hab's dir gesagt, hab's dir doch gesagt«, sagt er, »aber du hast nicht zugehört.«

Ich bücke mich, drücke ihn ganz fest. Ich habe Lust, mit ihm zu weinen, tue es auch. Wir klammern uns aneinander, weil es sonst keinen gibt. Wir werden zu einem reglosen Bündel, dem die Leute widerwillig ausweichen, ein falsch eingesetzter Markstein an einer wilden Ecke, eine Geschwulst, in den aufgeregten Verkehr der Stadt gezwängt. Drei ärmliche Metaphern für das Häufchen, das da weint, untröstlich, was dem Missgeschick nicht entspricht. Ich hätte Lust, das León zu erklären: Das Gute am Weinen ist, dass es aufgestaute Kümmernisse, die niemals die des Augenblicks, sondern andere sind, hinwegschwemmt. Man weint über Vergangenes und über das, von dem wir noch nicht einmal wissen, ob es geschehen wird. Und je heftiger das Weinen ist, umso mächtiger der Strom, der alles mit sich reißt. Deshalb unterdrücke ich es nicht. Wir weinen lustvoll und schamlos. Wir haben einen Fluss runtergeschluckt, und jetzt müssen wir ihn ausspucken, um den schlechten Geschmack wegzubekommen, uns zu entschlacken und zu heilen. Die Ampel springt dreimal um, bis wir wieder aufstehen und weitergehen können.

»Ich habe ganz schön lange an deine Tür geklopft«, sagt Susan, die Arme gekreuzt in anklagendem Gestus. »Fast hätte ich sie eingeschlagen.«

Wir sind jetzt in ihrer Wohnung. Léon ging hinein, ohne sie zu begrüßen, setzte sich auf das ausgeblichene Sofa und schaltete den Fernseher ein.

Susan hat keine Terrasse, aber ihr Wohnzimmer ist größer. Es riecht nach Desinfektionsmittel. Einige Dekorationsstücke, nicht sehr liebevoll verteilt: ein Buddha aus Plastik, ein leerer Serviettenhalter, die winkende Katze in Gold. Auf einem niedrigen Tisch liegen lauter Umschläge mit Rechnungen, abgenutzte Stifte, dazwischen eine Teetasse, gefüllt mit Bier.

Sie habe einen Riesenschreck bekommen, sagt sie. Weil ich weder ans Handy ging noch an die Tür, dabei waren von drinnen Geräusche zu hören.

»Das war der Wind«, sage ich, »wir sind in Eile los, und ich habe die Fenster offen gelassen«.

Aus den Augenwinkeln schaut sie zu León, der in den Bildschirm eingetaucht ist. Der Fleck ist getrocknet, aber sichtbar.

»Was ist das an Leóns Hose?«, flüstert sie. »Hat er etwa …?«

Sie bringt den Satz nicht zu Ende. »Ich muss jetzt gehen«, sage ich.

»Und die Kratzer an den Armen?«

Ich staune darüber, dass sie in fünf Minuten ihren Sohn mit allen Details gescannt hat. Nur von außen, denke ich. Das kann jeder. Dein Sohn hat Sprachübungen auf, Susan: Das ist mehr, als du weißt. Eins null für mich. Ich habe nicht übel Lust, ihr zu sagen, dass der Junge zehn Minuten lang geheult hat, weil sie ihn mit einer Fremden alleingelassen hat.

»Die Katze hat ihn gekratzt«, sage ich auf dem Weg zur Tür, »lass dir das von ihm erzählen.«

»Aber ist denn alles in Ordnung?«, insistiert sie. Greift meinen Arm, will mich zurückhalten. Ich mach mich los, bin wütend. Was heißt hier »alles in Ordnung«? Gerade sie muss mich das fragen? Hat sie nicht genügend Indizien für das Gegenteil? Ich atme durch. Versuche, mir die Gesamtheit dessen, was ich sehe, einzuprägen:

Ihre stets gequälte Miene.

Die dunklen Wurzeln ihrer blonden Haare.

Die abgetragene, grobe Kleidung.

Die Augen zu tief in den Höhlen, als dass es der Mühe wert wäre, sie zu retten.

Im Hintergrund das Kind, wie ein Makel in ihrem Leben.

»Ich muss los«, wiederhole ich.

Ich gehe schnell hinaus, um Erika nicht zu begegnen. Ich stelle mir vor, wie sie mir auflauert, im Flur, im Aufzug, in der Eingangshalle. Ich laufe mehrere Blocks entlang, gehe in eine Bar und bestelle ein Wasser. Ich habe nur einen Hundert-Peso-Schein in der Tasche. Das Wasser fließt mir die Kehle hinunter und nistet sich, ohne dass ein anderes Organ damit befasst gewesen wäre, in meiner Blase ein. Jetzt muss ich zur Toilette. Ich gehe, setz mich aufs Klosett. Mein Urin hat einen strengen Geruch, als hätte ich Spargel gegessen. Nein, er riecht nach Passiflora. Ich verlange die Rechnung und zahle. Ich wäre gern noch ein wenig geblieben, aber es ist mir peinlich, nichts zu verzehren. Ich bemerke den Tadel in den Augen der anderen: Wieder mal eine Migrantin, die Heizung abstaubt. Ich gehe.

Anfangs, als ich gerade angekommen war, staubte ich ohne Hemmungen ab. Ich ging in eine Bar, um mich aufzuwärmen, und wenn der Kellner kam, faltete ich die Hände und sagte: »Ich hab keinen Peso, mir ist kalt, in fünf Minuten bin ich weg.« Da lag eine verdeckte Bitte in meiner freundlichen Stimme und meiner Erscheinung, die nicht gerade die einer Pennerin war. Also ließ man mich dort sitzen, und oft bekam ich ein heißes Getränk spendiert, Schmalzgebackenes, ein Croissant. »Nur weil du hübsch bist«, sagte einmal ein Kellner und zwinkerte mir zu. Dann brachte er mir ein Bier, ein Tellerchen mit Oliven und eine Serviette mit seiner Telefonnummer. Die habe ich monatelang aufbewahrt. Er sah echt gut aus. Sehr gut. Aber ich habe ihn nicht angerufen. Eines der Prinzipien meiner Erziehung war die Unmöglichkeit, mich mit der Arbeiterklasse gemein zu machen. Dieser Kellner hatte ein besseres Gehalt und bessere Gene als ich – wenn man nach den Kriterien ging, die den Erziehungsprinzipien meiner Kindheit zugrunde lagen –, aber: Er war Kellner. Um ihn mir dennoch zu erlauben, fragte ich ihn in einer Anwandlung, ob er studiere oder sonst etwas mache, außer Tische abzuwischen – ja klar, ich mache Bilder, Skulpturen, Poesie, Chirurgie, Software, Dokumentarfilme, Cochlea Implantate. Nein, nichts, das hier sei ein *fulltime Job* – er klang triumphal –, aber montags habe er frei. Und wieder zwinkerte er mir zu.

Ich laufe auf unser Gebäude zu, will aber nicht ankommen, setze mich auf eine Bank und denke, hier bin ich schon gewesen. Nicht auf dieser Bank, aber in so einer Lage. Das Gefühl von Nichtigkeit. Ich schaue mich von außen an, und es ist, als säße ich vor einem Leben, das ich bereits gelebt habe. Ich erkenne alles, aber da ist keine Nostalgie. Nur Überdruss. Und ich spüre einen Strick um meinen Rücken, der an mir zerrt. Er wird mich in kein Paradies führen, das weiß ich, weil ich mich schon andere Male habe mitschleifen lassen. Der Strick ist der Wunsch, dem zu entkommen, was ich kenne, der Wunsch, mich zu verlieren. Aber die Person, die ich bin, holt mich am Ende ein, weil sie meine Anwandlungen nicht gutheißt. Und was macht sie? Sie zieht in entgegengesetzter Richtung an dem Strick und drückt mich wieder hierher, auf diese Bank.

Ich bereue so vieles, dass allein schon die Aufzählung hinter meiner Stirn verklumpt und mich am Denken hindert. Ich bereue, den Auftrag mit der Kuh angenommen zu haben, mich auf die Bewerbung für das Stipendium eingelassen zu haben, erlaubt zu haben, dass man mir eine nekrophile Katze anhängt. Ich bereue, Axel kennengelernt zu haben, ich bereue, mich in Axel verliebt zu haben. Ich bereue es, Susan gegenüber nicht deutlich genug gewesen zu sein: Ihr kommt mir nicht in mein Leben, nicht in meine Wohnung, nicht einmal auf meinen Diwan. Was ich am meisten bereue ist, meine Schwester nicht rechtzeitig bei der Litanei ihrer Pakete gestoppt zu haben. Wenn ich all die Kisten durchgehe, die sie mir geschickt hat, ist leicht erkennbar, dass sie mich damit auf diese letzte vorbereitete, auf den Gnadenstoß.

Ich stelle mir meine Mutter vor, wie sie besorgt in der Wohnung auf mich wartet. Sie hat schon ihr Nachthemd an und schlurft in ihren Schlappen von hier nach dort. Manchmal klingen ihre Schritte wie die Hand, die einen schmerzenden Kopf streichelt: »Pscht, pscht, pscht, das geht vorüber.« Andere Male sind es Schlangen, die sich im Rudel vorwärts winden.

Wenn ich zurück in der Wohnung bin, wird meine Mutter tausend Jahre alt sein, denke ich.

Ich auch. In diesen Stunden bin ich um Jahrhunderte gealtert.

Ich öffne die Tür, versuche keinen Krach zu machen. Ich stecke die Schlüssel in die Tasche meiner Jacke, die ich nicht ausziehe. Die Tür zu meinem Schlafzimmer steht offen, das Bett ist gemacht. Ich gehe leichten Schritts durch die Wohnung, sie ist leer.

Wo habe ich nicht geguckt?

Da fällt mir was ein: Ich betrete die Küche, gehe weiter bis zur Waschküche. Die Kiste ist zusammengebaut, ihre sechs Wände sind wieder ineinandergefügt, so steht sie in diesem winzigen, feuchten Raum. Die Waschküche hat keine Fenster, nur ein paar rechteckige Öffnungen in der Wand zur Ventilation. Ein durchbrochenes Licht fällt herein und zeichnet helle und schattige Streifen auf die Oberfläche der Kiste. Stünde sie in einem Museum, könnte es eine dieser ob ihrer Einfachheit schönen Installationen sein, beliebig in der Bedeutung und überzeugend in ihrem evokativen Charakter.

Ich mache eine Faust. Klopfe ein paar Mal mit den Fingerknöcheln auf die Kiste: »Mama?«

Das folgende Schweigen treibt meinen Puls hoch.

»Ja?«, höre ich sie in meinem Rücken, »ich bin hier, Kindchen.«

Sie taucht hinter mir auf, in der Küche, und blickt leicht verwirrt auf mich. Ihr Kittel, ihre Schlappen, ihre tausend Jahre: alles da.

»Was spricht du denn da zu der Kiste?«

14

Ich wache auf und vermisse Marah.

Ich erinnere mich daran, wie sie im Wohnzimmer auf dem Boden liegt, die Beine hoch für eine bessere Durchblutung, und von der Sinnlosigkeit des praktischen Lebens redet und von der Notwendigkeit, das Innenleben mit soziologischer Theorie zu nähren und mit dieser kraftlosen poetischen Prosa, die ihr so gut gefällt, weil sie nun mal, wie sie sagt, »Literatur ohne Handlung« bevorzugt, als gäbe es so etwas. Manchmal steht sie auch auf Meditation, manchmal auf Pflanzen, immer auf Psychoanalyse. Ihre Auswahl verkleidet sich gewissermaßen als programmatischer Überrest, ist aber in Wirklichkeit megakapitalistisch.

Vielleicht vermisse ich gar nicht Marah, sondern die Möglichkeit, mit jemandem reden zu können, ohne den Anspruch, zu einer Schlussfolgerung zu kommen. Einfach eine Zeile Dialog in den Ring zu werfen und mit einer weiteren und noch einer fortzufahren, bis eine von beiden müde oder irritiert ist. Marah ist kategorisch. Ihre Sätze sind in Stein gemeißelte Gebote. Ihre Fragen und Antworten – meist an sich selbst gerichtet – klingen nach Parolen: Was ist Zivilisation? Die Umwandlung von Rohstoffen. Zum allgemeinen Wohl? Nicht immer. Wofür dann? Für den Nutzen. Wenn ich mit ihr zusammen bin, werde auch ich kategorisch. Was uns rettet, ist vermutlich, dass wir nicht nur kategorisch, sondern auch inkonsequent sind.

Manchmal quäle ich sie und sie mich. Manchmal denke ich, dass wir uns vielleicht lieben, aber im Grunde nicht so gut miteinander auskommen. Nach unserem letzten Streit ist sie beleidigt abgezogen. Es war spät, sie wollte zu Fuß nach Hause. Womöglich erwartete sie, dass ich sie zum Bleiben aufforderte, sie daran erinnerte, dass die Stadt voller Vergewaltiger ist. Oder dass ich sie aufforderte, etwas Gemeinsames zu machen, etwas Wiedergutmachendes, ohne uns dabei zu sehr aus dem Fenster zu lehnen. Wir verfügten über Gegengifte. Uns *Friends* anzusehen, beispielsweise. Acht bis zehn Folgen hintereinander genügten, um den Schalter umzulegen. Mehr nicht, mehr war unzulässig. Ich hatte sie gefragt, warum sie immer in meine Wohnung kam, die doch viel hässlicher als ihre war. Das hatte ich sie schon lange fragen wollen. Marah war reich, zumindest für meine Maßstäbe. Sie wohnte in einem kleinen Palais mit sehr hohen Decken, ungewöhnlich gut beheizt. Sie hatte eine Angestellte, die sie rund um die Uhr um was auch immer bitten konnte: einen Mate bereiten – oder eine Paella valenciana – oder ihr das Pillendöschen zu bringen, in dem sie das Acid verwahrte. In der Nacht, als wir stritten, saß Marah auf dem Chesterfield, die Knie an die Brust gezogen, das Kinn auf den Knien. Von dort aus blickte sie auf den Boden, als warte sie darauf, dass ihr jemand von unten eine Antwort zuflüstere. Ich fragte sie, ob sie außer mir keine Freundinnen habe.

»Natürlich habe ich auch andere, und du?«

Mir fiel Julia ein. Meine erste Freundin, als ich frisch in Buenos Aires war. Sie organisierte Lesungen für ein Theater in Boedo. Wir gingen jeden Abend aus, hatten eine gute Zeit. Selten habe ich sie bei Tag gesehen. Sie lebte in einer Altbauwohnung, gegenüber einer Kirche. Trat man auf ihren Balkon, hatte man eine riesige Kuppel vor sich. Eines Nachts, bei einem Fest in ihrer Wohnung, legte ein Typ sie auf den Esstisch, zwischen die abgegessenen Teller und leeren Gläser, zog ihr die Schuhe aus und nahm sich ihre Zehen vor, lutschte eine nach der anderen ab. Ich saß auf einem Stuhl, den Tisch im Vordergrund, dahinter der Balkon und im Hintergrund die Kuppel, den Mond an einer Seite.

»Ich glaube nicht«, sagte ich.

Das mit den Zehen hat mich nicht als solches bewegt, aber, wer weiß warum, erinnerte es mich an ein paar Nächte zuvor: Wir schlossen gerade das Theater, und Julia bat mich, ihr mit der schweren Eisenjalousie zu helfen, weil ihr alles weh täte. Warum? Weil sie eine Abtreibung hinter sich habe. »Ich wusste nicht, dass das so schmerzhaft ist«, erwiderte ich schnell. Ich wollte vermeiden, dass sich der Raum zwischen den Sätzen mit Schweigen füllte. »Alles, was durch den Körper geht, tut weh«, sagte sie mit einem leidenden Ausdruck, der das Gespräch kappte.

Ich hätte ihr etwas Freundliches sagen können, nicht einmal engagiert oder solidarisch, einfach nur freundlich. Ich tat es nicht, weil wenn jemand sagt, dass es ihm schlecht geht, dass er beachtliche Schmerzen hat, er für mich eine Körperlichkeit bekommt, die mir Angst macht.

Es ist mir klar, dass wir alle die Last tragen, einen Körper zu haben, aber meistens vergesse ich ihn: Wenn irgendein meinem Willen ferner Umstand mich zwingt, mir einen Körper von innen vorzustellen – den Speichel, das Blut, die entzündeten Eierstöcke, das mit zersetzten Lebensmitteln vollgestopfte Gedärm –, ist Rückzug meine Antwort. »Warum bist du meine Freundin?«, fragte Marah.

Das wisse ich nicht, sagte ich. Und während ich es sagte, dachte ich, dass Marah nicht real war; auch unsere Gespräche, unser Streit und unsere Freundschaft hatten mit der Realität nichts zu tun. Julia war real, sie hatte eine reale Arbeit, ihr widerfuhren reale Dinge. Im Leben und in ihrem Körper. Ich hörte auf, sie zu treffen, weil die Tagesabläufe nicht mehr zusammenpassten, das sagte ich ihr. Ich sollte sie mal wieder anrufen. Aber dann müsste ich ihr einiges erklären. Mir taugen Freundinnen wie Marah, nicht solche wie

Julia. Ich kann mir nicht die Luftverdrängung einer Person erlauben, die mit ernsten Dingen zu kämpfen hat, mit Geldschwierigkeiten, Gesundheitsproblemen. Ich wüsste nicht, was ich mit ihr anfangen sollte. Ich würde mich schließlich von ihr abwenden wie von den Pflanzen, die ich nicht auf meiner Terrasse gepflanzt habe. Sie würde in meinen Händen welken. Es gibt Menschen – meine Schwester zum Beispiel –, die haben eine Begabung, Beziehungen aufrechtzuerhalten, je komplizierter, desto besser: Sie meinen, Menschen retten zu können. Ich habe haufenweise Leute erlebt, die der Gedanke, eines anderen Stütze zu sein, in Erregung versetzt, doch ihr Puls gerät angesichts fremder Not, Krankheit oder Trauer nicht ins Flattern. Eine selbstherrliche Haltung. Es sind eben diese Menschen, die sich später mit ihrer Aufopferung großtun und dafür entschädigt werden wollen, aber nichts in dieser Welt könnte sie entschädigen.

»Na gut, wenn du darauf keine Antwort hast«, sagte Marah, »solltest du dir vielleicht ein paar Dinge neu überlegen …«

Ich habe ihr etwas höchst Wolkiges geantwortet, um mir Zeit zu erkaufen. Oder Schweigen.

»Ich vermute, mir taugt diese Art von Loyalität, die aus dem Elend des anderen erwächst«, sagte ich.

»Was?«

»Ja, ich vermute, wenn du gütig wärst, wärst du nicht meine Freundin. Ich weiß nicht, wie ich Güte vergelten kann. Ans Elend hingegen gewöhnt man sich.«

Sie stand mit leichten Bewegungen auf, täuschte Gelassenheit vor. Zog sich an und ging. Am nächsten Morgen schickte sie mir eine Nachricht: »Eine Freundin ist jemand, der dich gern genug hat, dich auf deine Fehler hinzuweisen.« Wieder eine Scheiß-Parole. Dann: »Du bist verloren, aber das ist nicht dein Fehler. Dein Fehler ist, dass du als Mensch ein Stück Scheiße bist.«

Meine Mutter ist bereits aufgestanden. Vor einer Weile habe ich sie den Rollladen meines Schlafzimmers hochziehen hören. Der Rollladen ist aus schwerem Holz, er macht einen Lärm, den ich hasse. Wenn ein Rollladen hochgezogen wird – bei mir, bei einem Nachbarn –, dann bedeutet das, dass es wieder Tag geworden ist, und das macht mich nur selten froh. Die Freude daran, etwas zu tun – schreiben, essen oder auch nur duschen und Menschen treffen –, überkommt mich erst in der Mittagszeit.

Auf dem Telefon sechs verpasste Anrufe von Eloy und zwei von Axel. Die von Axel sind von gestern Abend. Die von Eloy von heute früh.

Im Morgengrauen habe ich den Text von der Kuh beendet. Es spricht die Kuh höchstselbst, und zwar von ihrem geruhsamen Tod. Ihre Stimme aus dem Off richtet sich an den Zuschauer, während sie über eine Weide wandert, die in der Postproduktion dazukommt – in Wirklichkeit wird die Kuh in einem Studio mit blauen Wänden eingesperrt sein.

Ich weiß nie im Voraus, ob ein Text funktioniert. Das hängt von der Laune des Kunden ab. Es hängt vom Level von Eloys Überzeugungskunst ab. Vermutlich davon, wie aufgedunsen sein Gesicht ist.

Meine Arbeit ist volatil.

Ich schicke Marah eine Nachricht. Kurz und auf den Punkt. Ich hoffe auf eine entsprechende Antwort. Aber sie kommt nicht.

Die Rollläden des Wohnzimmers sind noch unten. Das wenige Licht kommt aus dem Gang, der zur Küche führt, und aus dem Spalt der Schlafzimmertür. Ich sehe einen Umschlag auf dem Boden, Máximo dürfte ihn gestern Abend unter der Tür durchgeschoben haben. Das Bild eines Kreuzfahrtschiffs schimmert durch. Sicher eine Postkarte von meiner Schwester. Ich habe inzwischen mehrere, die sie mir im Lauf der Jahre von den Reisen mit ihrer Familie geschickt hat. Das typische Foto für das Ende der Reise, das dir die Reiseagenturen anbieten: Es wird in den ersten Ferientagen aufgenommen, wenn du gerade die Blässe verloren hast, aber noch nicht von der Sonne geschädigt bist. Zu dem Zeitpunkt entscheidest du, wie viele du davon nehmen willst, und gibst die Adresse jener Personen an, die einen Abzug geschickt bekommen sollen. Das Ergebnis ist, dass ich das Foto von ihrer Reise oft früher als sie bekomme.

Ich kann das Bild, das in dem Umschlag steckt, erraten: die Familie meiner Schwester im Vordergrund und dahinter irgendein Strand der Karibik oder ein Pool, der sich ins offene Meer ergießt, leuchtend und sehr, sehr blau. Die Kinder und ihr Mann dürften gebräunt sein, klar, aber meine Schwester nicht. Für sie heißt die Herausforderung, milchig-weiß zu bleiben. Auch ist ihr Fleisch schlaff, aber das ist nebensächlich. Andere Frauen buchen ihre gesackten Körper als unwiederbringlich ab. Ich habe diesen Blick gesehen, in dem sich Scham, Trauer und Resignation vermengen: Ich bin ein aufgegebenes Dorf, Niemandsland. Nicht so meine Schwester. Ich habe nie jemanden erlebt, der so glücklich mit dem eigenen Körper ist. Jede Falte, jedes Gramm mehr empfängt sie wie eine Prämie dafür, es so weit gebracht zu haben. Meine Schwester blüht und gedeiht, sie ist üppig und vital. Natürlich macht sie Diäten und Behandlungen, aber sie geißelt sich nicht, wenn es darum geht, die Ergebnisse zu messen. Im Gegenteil, meine Schwester feiert sich. Immer vorausgesetzt, ihre Haut ist weiß geblieben. Und das bleibt sie: dank Sunblocker Faktor 100, Hüten, Schirmen, Schatten und einer ganzen Batterie von Feuchtigkeitscremes. Wenn wir als junge Mädchen gemeinsam in den Spiegel blickten, waren wir auf der Suche nach Spuren unserer Verwandtschaft, und meine Schwester sagte dann zu mir: »Wir sind *Ebony and Ivory*.« Das freute sie und machte ihr gleichzeitig Schuldgefühle. Letztere waren nur von kurzer Dauer, weil, wie sie sagte, ich zum Ausgleich dünn war wie ein Reiher, mein Haar glatt wie das einer India, und ich mit der passenden Garderobe perfekt sei für das Casting einer typischen Latina in Hollywood.

Die Mutter erzählt den Töchtern Geschichten, aber nur wenn sie schlafen. Sie meint, dass sie auf diese Weise im Unbewussten bleiben, wo Dinge am besten verwahrt werden. Das ist, als führe sie den Töchtern heimlich Speisen zu, die diese selbst nie in den Mund stecken würden. Sie erzählt ihnen Legenden, es gefällt ihr, ihnen etwas über den Ursprung der Dinge beizubringen. Zuweilen will sie über ihren eigenen Ursprung erzählen und sagt: »Ich erzähl euch jetzt unsere Geschichte. Es ist eine schöne Geschichte, aber auch verwirrend, denn sie hat keine Ordnung, und ich weiß nicht recht, womit ich beginnen soll.« Nun fällt sie ins Schweigen, versucht ihre Gedanken zu ordnen, schafft es aber nicht. »Ich erzähl euch lieber vom Ursprung der Wale: Der König des Meeres verlor seine Frau bei der Geburt seines Sohnes …«

Es ist Freitag. Vor einer Woche machte ich zu dieser Zeit Pläne für den Abend mit Axel. Wir hatten uns dafür entschieden, einen Film zu sehen. Das Kino liegt in der Nähe meiner Wohnung, also wollten wir die Nacht bei mir verbringen. Am Ende wurde es nichts mit dem Film, weil das Kino sehr voll war und wir etwas genervt waren. Und das mit der Nacht hier zu verbringen, ich weiß nicht mehr, was da war, es wurde jedenfalls auch daraus nichts. Was ich noch weiß, wir unterhielten uns auf der Terrasse über etwas Unbestimmtes, das mit den sozialen Netzwerken, die weder Axel noch ich nutzen, zu tun hatte. Da war ein Satz, der irgendwo in der Landschaft hängen blieb – in den Ästen der Platane, in Erikas Blumenschmuck, den schmutzigen Fugen der Terrasse –, und zwar gerade dann, als wir das Pärchen von gegenüber mit dem schlafenden Baby im Körbchen weggehen sahen.

Was war das für ein Satz gewesen? Er hatte mit der Tendenz zu tun, sich eine Welt zurechtzuzimmern, die mit Leuten bevölkert ist, die so denken wie man selbst. Und wozu? Um die eigenen Meinungen zu verstärken und ins Extrem zu gehen. »Jeder für sich auf seiner Insel, eingekapselt in seiner Ideologie«, etwas in der Richtung hatte Axel gesagt. »Unfähig, die Differenz … ich will gar nicht sagen zu akzeptieren, noch zu verstehen, sondern mit ihr zu leben«, auch das sagte er. Ich war seiner Meinung, aber irgendwas trieb mich dazu, seine Argumentation auf die Probe zu stellen, wer weiß zu welchem Zweck. Ich fragte mich, ob wir uns nicht alle einkapselten, schon immer, egal, ob wir bei Twitter waren oder nicht. Er und ich, zum Beispiel, würden beisammenbleiben – oder auch nicht –, je nach dem Grad unserer Kohäsion, also unserer Wesensverwandtschaft. Jede Beziehung stützt sich auf ein System von Vorstellungen, die nicht identisch, aber doch sehr ähnlich sind. War es nicht genau das, was wir suchten? Uns mit gepolsterten Wänden zu umgeben, die uns nicht verletzen, wenn wir sie streifen. Uns eine gute Innenwelt zu schaffen, weil die Außenwelt bedrohlich ist. Wenn aus den Wänden Nadeln wüchsen, würden wir uns von ihnen entfernen und, um sie nicht zu berühren, die Sicherheit der Mitte suchen.

Nadeln, denke ich, das waren meine Schwester und ich für meine Mutter.

Und sie, was war sie für uns? Eine Sonnenfinsternis.

Möglicherweise hat sich an jenem Abend vor einer Woche die Achse verschoben, die Axel und mich verbunden hielt. Nicht viel, es reichte eine kleinere Drehung. So wie nach Erdbeben am einen Ende des Planeten, die ein ganz klein wenig die Neigung der Erdachse verändern, dies ausreicht, im Rest der Welt die Tage zu verkürzen, die Nächte zu verlängern. Jetzt ist mir das ziemlich klar: Während wir beobachteten, wie das Pärchen von Gegenüber wegging und die Lichter brennen ließ, tauchte unser Dissens auf. Angesichts meiner wachsenden Stummheit (die nicht ein Symptom fehlenden Interesses, sondern von Grübeleien war) fragte mich Axel etwas, was man automatisch fragt, wenn man jemanden näher kennenlernen will. Ich meine, es war keine besonders abwegige Frage. Meine Geschichte, Axel wollte meine Geschichte hören. Meinen Ursprung. Meine Wurzeln. Meinen Daseinszweck. Ich ging im Kopf meine zähen Theorien über die Verwandtschaft durch, und sie erschienen mir nicht reproduzierbar. Ich sah mir dabei zu, einfache Erklärungen zu suchen, um ein Theorem ohne Beweisführung darzulegen. Ich gab es auf. Es hatte keinen Sinn, ihn in dieses Gestrüpp hineinzuziehen.

Das Geräusch der Dusche pflegt wechselhaft zu sein. Es verändert sich je nach der Oberfläche, auf die der Wasserstrahl trifft – die Wanne, der Arm, die Schultern, der Kopf, der Nacken, die Füße. Im Fall meiner Mutter aber ist es gleichbleibend, als treffe das Wasser immer auf dieselbe felsige Oberfläche. Ich stelle sie mir kauernd vor, den Aufprall des Wassers auf dem Rücken empfangend.

Zu Axel habe ich gesagt, dass ich ihm ein andermal »meine Geschichte« erzähle, dass ich an dem Abend keine Lust hatte. Und so haben wir da noch eine Weile gesessen, dieselbe Landschaft wie zuvor betrachtet, nur war es nicht mehr dieselbe, da er das Gefühl gehabt hatte, sich einbringen zu müssen, und sie damit verändert hatte.

Das war es wohl.

Bewusst oder unbewusst hat mir Axel etwas in den Kopf gepflanzt. Seine Hand griff mich im Nacken und führte mich vor ein riesiges Kind, das ich beschlossen hatte zu übersehen, und drückte mich auf die Knie: Komm schon, schau es dir genau an, erlebe die passenden Gefühle.

»Wie dunkel das hier ist.« Meine Mutter kommt aus dem Zimmer und zieht den Rollladen im Wohnzimmer hoch. Die Helligkeit breitet sich auf dem Boden aus, je weiter sich die Jalousie hebt. Ich kneife die Augen zusammen, um den ersten frontalen Aufprall der Sonne abzuwehren, ein Stich auf der Stirn. Als die Jalousie schon fast ganz oben ist, lässt meine Mutter die Schnur los und schlägt die Hände vor den Mund. Die tote Taube sieht uns von außen an, gelackt mit dem eigenen Blut, dunkel und dick, eine Kruste.

Ich renne weg, um mich zu erbrechen, habe aber nichts im Magen. Ich gehe unter die Dusche, öffne den Hahn, kauere mich hin und lasse das Wasser auf mich prasseln.

Meine Mutter wartet im Wohnzimmer auf mich, fertig zum Ausgehen: Hose, Pullover, der Schal, der sie umhüllt. Sie hat eine Tüte in der Hand, darin die Taube. Wir gehen hinaus. Der Flur ist eisig, der Aufzug auch. Es ist seltsam, zu dieser Morgenstunde keinem zu begegnen. Es ist seltsam, dass eine Frau, die behauptet, meine Mutter zu sein, mich unterhakt und meine Schritte dirigiert. Unten angelangt wirft meine Mutter die Tüte in den Müllcontainer auf der anderen Straßenseite. Wieder hakt sie mich unter, und wir schreiten voran. Der Wind im Gesicht tut gut. Mir ist schwindlig, weil ich nichts gegessen habe. Bevor wir um die Ecke biegen, drehe ich mich um, mal sehen, ob Máximo zum Fegen gekommen ist oder ob jemand am Eingang des Gebäudes steht. Niemand. Eine leere Straße, mit braunen Blättern tapeziert.

»Wohin geht's?«, frage ich sie, als wir schon mehrere Häuserblocks hinter uns gelassen haben und sie immer noch voranstrebt.

»Dorthin«, und sie deutet nach vorne, auf die Baustelle, die man von meinem Balkon aus sieht. »Ich will das aus der Nähe sehen.«

Ich schaue auf ihr Profil. Die Haarwurzeln sind weiß. In ihrer sehr zarten Haut zeigen sich Falten, die ich zuvor nicht gesehen hatte. Ich schreite neben meiner Zukunft voran.

Das Gebäude ist wie immer geschlossen. Ein gelbes Band schließt sich um den Bau. Die Glasscheiben, von innen mit dunklem Papier ausgeschlagen, zeigen mir mein Spiegelbild, und als ich mich da sehe, muss ich an die Fortdauer anderer Körper in dem meinigen denken. Ich sehe die Züge meiner Mutter in mein Gesicht eingeschmolzen, das spitze Kinn meiner Großmutter und dieses kleine Mal am Ende der Augenbraue, das eine Narbe sein könnte, wenn meine Schwester es nicht auch hätte. Ein rätselhafter Schnitt ohne Ursprung oder Erzählung. Immer wenn ich meine Schwester nach der Geschichte dieser Zwillingsnarbe fragte, schüttelte sie den Kopf: »Davon weiß ich nichts.« Der Wind wird kälter. Ich blicke nach oben, wo das Gebäude endet. Ich mag diesen unfertigen Bau sehr. Er erinnert mich an das Ausmaß des menschlichen Ehrgeizes. Auch des Wahns. Als betrete man eine Kirche aus der Renaissance und blicke hoch zur Decke, um festzustellen, wie klein wir sind. Ich stelle mir vor, das Gebäude stürzt ein, zerquetscht mich: Mit mir stürbe etwas von all den Menschen, die mich bewohnen. Wenn jemand aufhört zu existieren, nimmt er ein Stück von uns mit, ein Stück Materie, etwas Konkretes, nicht nur einen Haufen Erinnerungen. Und wenn jemand geboren wird, probiert er Altes aus, er kommt mit einer Fracht Vergangenheit, die immer größer sein wird als die Zukunft. Genau das heißt zeugen, sich von einem Stück Materie und Geschichte zu lösen und es der Welt zu übergeben, damit es nicht mit dir verwest. Der Widerstand gegen das Verlöschen. Das Streben nach Fortleben. Ein kleinlicher und narzisstischer Wunsch. An manchen Tagen habe ich den Wunsch, der Wind möge mich fortwehen wie Staub. Verschwinden. Das habe ich so oder so betrieben. Mich entfernt, mich aufgelöst. Die höchst seltenen Male, an denen ich Leuten aus meiner Vergangenheit – meiner Kindheit, meiner Jugend, meiner Stadt – begegnet bin, ist mir das Staunen in ihrem Blick, ihrer Stimme aufgefallen, als stünden sie vor einem Gespenst: »Du bist verschwunden«, sagen sie, obwohl das ja offensichtlich nicht der Fall ist, hier bin ich, in demselben Behälter gefangen. Die Miene der anderen ist nie erfreut, als hätte ihnen die Tatsache, mich weit weg zu wissen, die Gewissheit gegeben, dass es mir gut geht; sehen sie mich dann aber wieder, drängt sich ihnen der Gedanke auf, dass etwas schiefgelaufen ist. Zurückkommen heißt fast immer Scheitern.

Es gibt Tage, an denen ich nach einem letzten Seufzer der Erschöpfung verschwinden will. Aber die Erleichterung vergeht, wenn ich denke, dass ich durch die Welt gegangen bin, ohne mich an irgendetwas gehalten zu haben. Wem könnte ich eine Botschaft hinterlassen, eine Kapitulation, eine Entschuldigung? Wer würde einen Prozess gegen mich anstrengen?

15

»Weißt du noch, dass wir einen Pool anlegen wollten?«

»Aber der hätte zu viel Platz im Garten eingenommen.«

»Ich hätte gerne einen Pool gehabt.«

»O pardon.«

»Was ist wohl aus Eusebio geworden?«

»... du hattest ein unendliches Meer vor dir, musstest nur die Böschung hinuntergehen.«

»Das Meer war voller sterbendem Getier.«

»Das kam von den Algen, die waren giftig.«

»Komisch, dass du nichts über Eusebio und die Machi weißt.«

»Über die Machi schon, sie ist ja bis zu ihrem Tod bei mir geblieben.«

»Die Machi ist gestorben?«

»An einem Knochen erstickt, du glaubst es nicht.«

»O Gott.«

»Wie ein Hund.«

»Hatte die Machi Kinder?«

»An die tausend.«

»Und wo sind die?«

»Keine Ahnung, Kindchen.«

Die Nacht ist eine geschlossene Schachtel. Seit zwei Stunden habe ich den Kopf nicht gehoben. Das Abendessen ist mir nicht bekommen. Alles macht mich krank. Mein Körper verhält sich dieser Tage sonderbar. Vielleicht ist mein Magen dieses Essen einfach nicht mehr gewohnt. Meine Mutter und ich sitzen auf der Terrasse. Uns umgibt eine dickwandige, unsichtbare Kapsel, sie fängt die Geräusche von der Straße ab und verwandelt sie in ein lästiges Rauschen. Ich frage mich: Ist das ein Traum, oder habe ich einen Kater? Mir ist kalt. Eine Decke liegt über meinen Schultern, eine zweite über meinen Beinen. Meine Mutter hat nur den Schal um die Schultern: feierlich wallt er herab, wie das Cape einer Göttin. Wenn ich mich nicht bewege, beruhigt sich meine Übelkeit. Mit der Decke über den Schultern improvisiere ich ein Kopfkissen an der Rückenlehne und stütze den Nacken auf. Kein einziger Stern. Derselbe tiefe Himmel, ohne Ecken und Kanten. Von diesem Sessel aus habe ich schon mehrere Sommer sterben sehen und die Geburt kalter, grauer Herbste erlebt.

»Die Lampe im Wohnzimmer ist kaputt, Kindchen.«

»Ich weiß.«

Das Haus meiner Mutter hatte wenige Möbel. Einige Teile des Zementbodens hatten sich wegen der Wurzeln darunter gehoben, und in manchen Winkeln gab es Kletterpflanzen, die sich die Wände emporarbeiteten. Alles knarzte. Die Feuchtigkeit machte, dass das Holz auf- und wieder abquoll. Meine Tante sagte, dass die Häuser wie die Frauen sind: Gerade erst verheiratet seien sie schön und sauber, danach aber wurden sie abgenutzt, es kamen Kinder, die sie strapazierten, sie beschmutzten, dann gerieten sie aus den Fugen, und schon gab es kein Zurück mehr.

Das bedeutet: Einen Körper oder ein Haus zum ersten Mal zu beziehen heißt seinen Verfall einzuleiten.

Der Verfall, denke ich jetzt, ist eine höhere Erscheinungsform der Materie, weil er dafür steht, dass etwas in ihr geblüht hat. Nur was Früchte trug, verfault.

In jenem Haus hallten Echos, vom Wind, der die Bäume schüttelte, vom Regen, der gegen die Scheiben schlug, von jemandem, der in einem Badezimmer heulte, von der Füchsin auf dem Dachboden. Zweimal haben wir versucht, die Füchsin zu vergiften, aber es klappte nicht. Sie fraß das rohe Fleisch, das wir ihr hinlegten, leckte den Teller ab, starb aber nicht. Vielleicht war das Haltbarkeitsdatum des Gifts überschritten. Einmal hatte Eusebio bei der Dachluke hineingeschaut und sie mit der Schnauze auf dem Teller erwischt: Vorsichtig streckte er die Arme aus, und als er nah genug war, packte er sie fest am Hals und zerrte sie raus. Die Füchsin kreischte und kratzte so heftig, dass Eusebio, das Tier umklammernd, auf der Leiter ausrutschte. Die Füchsin landete bäuchlings auf dem Boden und schlug so hart auf, dass sie Blut spuckte.

Wir dachten, dass in ihrem Inneren etwas geplatzt sei. Als Eusebio, der glaubte, sie überwältigt zu haben, sie aber losließ, sprang die Füchsin ihn an, zerkratzte sein Gesicht, Schnitte im rohen Fleisch, die schon beim Ansehen weh taten. Danach kletterte sie die Leiter hoch und schoss durch die Luke zurück auf den Dachboden.

»Hast du je gelernt, Tiere zu töten?«, frage ich meine Mutter.

Sie antwortet nicht. Ich dränge sie nicht. Ich schließe die Augen.

Nach dem Essen überredete meine Mutter mich, drei Esslöffel Passiflora zu schlucken. »Wirst schon sehen, wie das beruhigt.«

Vor dem Abendessen hatte ich eine Nachricht vom Gebäude-Chat bekommen, Carla lud zu einem Treffen am nächsten Vormittag ein. Sich samstags zu versammeln war sehr ungewöhnlich. So wütend musste Erika demnach sein. Im Betreff stand: Verschiedenes 7b.

Auch von Marah hatte ich eine Nachricht bekommen: Sie würde versuchen, morgen Abend vorbeizukommen.

Ich will unsere Begegnung planen. Ich möchte auf Streit verzichten. Ich plane, die Zeit mit kleinen Tätigkeiten zu überbrücken: den Wasserkessel aufstellen, Orangen schälen, ihr zuhören, ohne mich einzuschalten. Zuhören ist ein Beweis der Gastfreundlichkeit: Ich trete dir die verfügbare Luft in meiner Wohnung ab, damit deine Worte dort zirkulieren können. Inzwischen mache ich etwas. Etwas machen ist leicht. Wenn man es auf eine unreflektierte Art macht, braucht es keine Antworten, sondern Reaktionen. Mate? Ja. Zucker? Klar. Sofa oder Terrasse? Terrasse. Es ist zum Fürchten, wie viele Dinge man unreflektiert machen kann: essen, trinken, töten, leben.

Andere Menschen lösen ihre Probleme, indem sie die Extreme in die Mitte rücken, um so die Kluft des Unverständnisses zu schließen. Dort, in die Mitte, stellen sie zwei Stühle hin und setzen sich zum Plaudern. Tatsächlich nennen sie das dann einen Dialog. Doch die Kluft schließt sich nie ganz, da ist immer noch ein Luftzug, ein kleiner, aber ausweitbarer Riss. Jeder Mensch ist ein Kern, umrahmt von Lücken des Unverständnisses. Selbst jene, die sich einander ganz nah fühlen, sind durch diesen schmalen, aber tiefen Spalt getrennt. Niemand ist irgendjemandem wirklich nah. Niemand kann den Abgrund ignorieren, der ihn von den Übrigen trennt.

Marah und ich sehen von diesem Abgrund ab, tun so, als ob wir ihn nicht wahrnähmen, und manchmal klappt das. Andere Male zieht die eine die andere an einen gefährlichen Rand, von dem aus die Kluft nicht nur zu sehen ist, sondern auch Höhenangst auslöst.

»Geh schlafen.« Die Hand meiner Mutter auf meiner Schulter fühlt sich schwer und riesig an. Ich öffne langsam die Augen und sehe, allzu nah, ihr Gesicht.

Axel hat mich den ganzen Tag nicht angerufen.

»Hast du heute die Katze gesehen?«, frage ich sie, während ich mich mit der Motorik einer Greisin vom Diwan erhebe. Sie antwortet nicht, oder ich höre sie nicht.

Nachmittags habe ich Ágata einen Napf mit Fressen hingestellt, hier auf die Terrasse, aber ich sehe ihn nicht mehr. Ich hatte kein Dosenfutter, also habe ich Reste zusammengesucht. Wenn ich ihr mehr Fressen gebe, hört sie vielleicht auf, mir Kadaver anzuschleppen, dachte ich.

»Ich habe keine Angst«, sage ich grundlos.

Aufgrund der Passiflora.

Meine Mutter nimmt mich am Arm, geleitet mich ins Schlafzimmer.

»Sollte ich denn Angst haben?«

»Nein, nein, nichts dergleichen«, sagt sie und gibt mir kleine Klapse auf den Rücken.

»Du bist hergekommen, mir etwas zu sagen, sagst du es mir?«

»Aber klar.«

»Wann?«

»Es ist eine wunderbare Geschichte.«

»Aber wann?«

»Jedoch etwas verwirrend.«

»Warum?«

»Aber im Grunde ist sie sehr einfach.«

»Im Grunde von was?«

Meine Mutter hilft mir ins Bett. Ich lege den Kopf auf das Kissen. Ich höre ihre Schlappen schlurfen. Sie schaltet das Licht aus, schließt die Tür und hinterlässt einen Hohlraum in der Luft. Ich lege meine Hände an die Schläfen, um meine Sicht weiter einzuschränken, mich nicht ablenken zu lassen. Wie bei den Ochsen. Wenn das Feld zu weit ist, fällt es mir schwer, das Wesentliche vom Nebensächlichen zu unterscheiden. Ich bin, wie ich bin, weil ich mit Blick auf den Horizont aufgewachsen bin, denke ich. Abschweifend, phantasierend, ausweichend. Ich muss mir einen Rahmen geben. Ich muss eine neue Bewusstheit erproben. Zumindest für diese Nacht, mich auf das konzentrieren, was ich vor Augen habe. Die wilden Bananen, die giftigen Algen, die Schuhe meiner Mutter, wie zwei tote Vögel auf den Erdboden gekippt.

Der Dämmerschlaf ist trügerisch. Im Bett liegend, mit geschlossenen Augen, ist es, als seien Monate vergangen, seit Axel zum letzten Mal bei mir war. Vor seinen Walen, bevor wir uns auf der Terrasse in dieses sumpfige Gespräch begaben, vor dem Dissens, hatten wir auf meinem Diwan gelegen. Die Schwelle überschreiten, zwei Schritte tun und auf diese weiche, etwas unregelmäßige Fläche fallen – ich nehme an, seine ehemalige Besitzerin, die verstorbene Greisin, hat ihn vor mir weidlich genutzt.

Ich erinnere mich an Axels Körper auf dem meinen, genau der richtige Druck, um dich unbeweglich zu machen, ohne dich zu ersticken. Axel ist geschickt mit den Händen. Er hat sie trainiert, das ist sonnenklar.

Wie viele Hosen hat er aufknöpfen und runterschieben müssen, um zu lernen, sich so perfekt zwischen die Beine einer Frau einzufügen, ohne sie ganz entkleiden zu müssen? Während ich da drunter lag und das klein wenig Luft einsaugte, das zwischen seiner Brust und meinem Gesicht war, wurde ich von einem blinden Hedonismus erfasst, dachte, dass so viel Intensität mich auseinandersprengen könnte. Eine elektrische Entladung, das war es. Bei jedem Ausatmen quollen Schwaden von Rauch aus meinem Mund.

Die Augen noch geschlossen, stieg ich mit Axel in ein Auto, und wir tauchten in den Verkehr einer fortlaufend geraden Landstraße. Er saß am Steuer, und ich sah aus dem Fenster – plattes Land, grün, leer; dann und wann wandte ich mich ihm zu, er konzentrierte sich auf die Straße, den einen Arm auf den Fensterrahmen gestützt, der Hemdsärmel flatterte heftig.

Wenn die Lust zerrinnt, zeigt sich, einer Pfütze gleich, die Melancholie.

Dann kam das Schweigen. Da waren wir in diesem eingeschränkten Raum, sein blasser Arm in einem überdeutlichen – und werbetauglichen – Kontrast gegen meinen braunen Arm gedrückt. Das einzige Licht kam von draußen, und jeder Ton brach sich in der Gegenwart des anderen, als müsse er sich seiner selbst vergewissern. Die Intimität zwischen zwei Menschen ist aus solchem Schweigen gemacht, dachte ich. Es gibt noch andere Dinge, die aus Schweigen gemacht sind: das Vertrauen, Düfte, Literatur. Ich liebe das

Schweigen, aber es ist nicht sehr witzig, wenn man es allein praktiziert. Zu zweit hingegen bedeutet es Erfüllung. Auch Hoffnung auf Dauer. Man darf sich aber nicht allzu sicher sein, manchmal ist das Schweigen auch eine Form, Zerbrechliches zu verbergen: einander anblicken und ein Glück festzustellen, das von der Angst befleckt ist, es könnte, sollte jemand es laut aussprechen, zerbrechen.

16

Es ist so kalt, dass ich mich nicht bewegen mag. Es ist die Kälte eines Hauses, das lange leer gestanden hat. Mir geht auf, dass, da ich in meinem Bett geschlafen habe, meine Mutter auf dem Diwan geschlafen haben muss. Das beklemmt und beschämt mich. Ich stehe schnell auf, ziehe die Jalousie des Schlafzimmers hoch. Die Morgensonne tut mir weh, selbst diese schwächliche Sonne. Ich gehe erstmal ins Bad, setze mich zum Pinkeln hin, ich muss duschen, um die Benommenheit wegzuspülen. Gestern war ein beklemmender Tag, denke ich beim Ausziehen. Jetzt bei Tageslicht völlig lächerlich. Wessen können sie mich in der Versammlung beschuldigen? Tote Tiere auf die Terrasse des Nachbarn zu werfen. Das stimmt zwar nicht, aber ich könnte mich für schuldig erklären, um einen Schlussstrich zu ziehen. Okay, ich bitte um Entschuldigung, ein unglücklicher Zwischenfall, ich will nicht ins Detail gehen. Aus. Was kann das Wort »Verschiedenes« noch beinhalten?

Die Nachrichten im Gruppenchat der Hausgemeinschaft sind euphemistisch und großsprecherisch. Die

Nachbarn halten sich selbst für eine Personengruppe, denen eine äußerst wichtige Mission überantwortet ist. Das Eigentum zu schützen, über diese Ziegelsteine zu wachen, die natürlich wichtiger sind als die Leute, die in ihnen wohnen. Das entspricht der Logik, sogar einer Vorstellung von Gerechtigkeit: Die Ziegel dauern fort. Viele von uns, die zu diesen Versammlungen gehen, sind nicht einmal Eigentümer. Egal, Anwesenheit ist Pflicht. Wir müssen auf dem Laufenden sein über die kollektiven Entscheidungen, deren Grenze zu den privaten stets fließend ist. Ob dieser Nachbar am Donnerstag eine Party geben darf; ob jener zur Vergrößerung eines Raums eine Trennwand einreißen darf und, falls ja, zu welcher Uhrzeit. Ich denke an die Wohnung von Erika und Tomás. Sie haben eine Trennwand nach der anderen eingerissen, bis nicht Raum, sondern Leere geschaffen war. Sie mussten diese Leere schaffen, um sie später nach ihrem nüchternen Zeitschriften-Geschmack zu füllen und sich als Besitzer zu fühlen. Am Ende geht es immer darum: niederreißen, den Staub wegkehren, neu besiedeln, in Besitz nehmen.

Ich komme aus der Dusche, wickle mir das Handtuch um, gehe zum Schlafzimmer. Aus dem Haar tropft das Wasser, also wickle ich es in ein anderes Handtuch, das ich aus dem Schrank hole. Ich betrachte mich nackt im Spiegel, der in der Innenseite des Wandschranks hängt. Ich weiß nicht, was ich von meinem Körper halten soll, außer dass er noch jung ist, also hübsch? Ist das Junge hübsch? Wer sagt das? Ich sollte eine etwas elaboriertere Meinung über meinen eigenen Körper haben: wie meine Schwester, wie Axel, wie Leóns Kindermädchen. Draußen ist nichts zu hören. Ich habe Hunger. Ich hole mein Handy vom Nachttisch: zwanzig Minuten vor elf. Ich ziehe mir Jeans an, ein weißes T-Shirt, ein schwarzes Sweatshirt, kurze Stiefel. Nun rubble ich mir das Haar mit dem Handtuch, föhne es. Wieder schaue ich in den Spiegel. Ich bin zufrieden, der Schlaf hat mich wiederhergestellt. Ich male mir die Lippen an, in einem unauffälligen Rosa, dessen Wirkung auf meine Wangen abstrahlt. Es hilft, nicht nachlässig zu sein, aber es hilft nicht, sich zur Schau zu stellen. Der Lippenstift hat die Farbe der Gesundheit: In meinen Augen sehe ich blühend, aber nicht geschminkt aus.

Meine Mutter ist weder auf dem Diwan noch in der Küche. Auch nicht auf der Terrasse. Ich schnaube. Ein verdammt verrücktes Spiel.

»Mama?«

Keine Antwort.

Ich öffne den Kühlschrank, kaum noch etwas drin. Vor acht Tagen sah er wie ein Proviantbunker aus, heute bin ich der Caritas würdig. Vielleicht ist meine Mutter runter zum Lebensmittelladen und holt Nachschub. Unwahrscheinlich, aber denkbar. Ich stelle sie mir mit der Einkaufstasche vor, wie sie unschlüssig von hier nach dort geht und versucht, das Geschäft an der Ecke zu orten, das ich ihr jedes Mal beim Hinausgehen zeige. Wenn du etwas brauchst, gehst du dorthin; wenn du Geld brauchst, hol dir was aus der Küchenschublade, neben den Schlüsseln und dem Notizblock.

Ich schenke Milch in ein Glas ein und trinke. Die Karte meiner Schwester liegt noch in ihrem Briefumschlag auf der Arbeitsfläche. Darunter sehe ich einen weiteren Umschlag und eine Schachtel mit Kokoskugeln, die ich noch nicht entdeckt hatte. Ich öffne erst den Umschlag mit der Karte: das erwartete Foto. Sie und ihre Familie ganz in Weiß, dahinter das offene Meer, so blau, als läge ein Filter drüber. Auf dem anderen Umschlag steht nirgendwo etwas. Ich öffne ihn und sehe ein Foto mit einem gelben Post-it: »Überraschung«, steht in der Schrift meiner Schwester darauf. Ich ziehe das Zettelchen ab und sehe uns beide beim Haus meiner Mutter auf einem Baumstamm sitzen. Ich kann mich an diesen Moment nicht erinnern. Wie alt mag ich da sein? Sechs, sieben? Wer hat uns wohl geknipst? Vielleicht weiß meine Schwester es auch nicht, weil keine von uns in die Linse blickt. Es sieht so aus, als ob sie zu mir spricht. Womöglich erzählt sie mir gerade eine dieser Familiengeschichten, in denen wir alle irgendwann vergiftet sterben oder ertrinken oder wie Schweine zerquetscht am Rand der Landstraße liegen. Hinten auf dem Foto steht kein Datum, aber eine Notiz in einer Schrift, die ich nicht zuordnen kann: »Sieh sie dir an, sie sind wie Flaschen. Wähle ein oder zwei Dinge (nicht fünf, nicht zehn, nicht tausend), mit denen du sie füllst. Es muss etwas sein, das lange unterwegs sein kann, ohne zu verfaulen. Wirf sie dann ins Meer, lass sie gehen.« Ich lese die Notiz mehrmals, suche im Umschlag, nein, da ist nichts mehr. Ich werde nervös, will meine Schwester anrufen, sie soll mir dieses neue alte Foto erklären. Wer hat das geschrieben? Was soll das heißen? Wenn man es sich so ansieht, scheint es einen Plan für uns gegeben zu haben. Zumindest an jenem Tag hat jemand geglaubt, dass es einen Plan geben müsste, und hat eine Reihe von Instruktionen hinterlassen. Was ist dann passiert? Ist der Plan gescheitert? Ist der Plan aufgegangen? War das der Plan? Ich warte auf meine Mutter und will ihr das Foto zeigen. Es ist aber schon fast elf. Ich öffne die Schachtel mit den Kokoskugeln und esse eine, dann noch eine. Ich eile zum Zähneputzen. Ein Schal, die Jacke, und ich gehe raus auf den Gang, der eisig ist. Ich atme tief durch und hole den Aufzug.

Während es abwärts geht, stelle ich mir den von Máximo ausstaffierten Eingangsbereich vor: die Plastikstühle zum Halbkreis geordnet; an einer Seite der Beistelltisch, auf dem sich eine Thermoskanne mit heißem Wasser befindet und auf dem auch das Mategefäß steht, das von Hand zu Hand geht, wie bei einer Stammeszeremonie. Ich kann mich nicht daran gewöhnen, den Mate mit Fremden zu teilen. »Schmeckt er dir nicht?« Überrascht sehen sie mich an, als stünden sie vor einem unlösbaren Rätsel. Die Überraschung bedeutet, dass sie eine eigene Sitte für universell halten und das ablehnen, was ihnen fremd, fern, unbekannt ist. Nie hat mich jemand gefragt, was ich denn trinke; wenn schon nicht, um es mir anzubieten, dann doch wenigstens, um mir einen Platz in jener homogenen Gruppe einzuräumen, also nicht nur als die Einzige, die keinen Mate trinkt, sondern einfach als die Frau, die lieber Tee mag. Ich schüttle schüchtern den Kopf: »Nein, ich mag keinen Mate.« Und dann entschuldige ich mich auch noch: »Es tut mir leid.« Ich lüge. Klar schmeckt mir Mate. Und zwar sehr. Ich trinke den ganzen Tag lang Mate. Aber ich lüge lieber, als mich mit dem heftigen Bekenntnis, dass mich ihre Speichelorgie ekelt, noch mehr abzusondern.

Ich setze mich auf einen der noch freien Stühle. Ich möchte sehen, wie spät es ist, suche das Handy in der Tasche. Ich habe es oben gelassen. Der Aufzug öffnet sich, und ich sehe Susan mit León an der Hand. Sie bittet um Entschuldigung: Sie hatte niemanden, bei dem sie das Kind lassen konnte. Sie setzt sich, gibt León ihr Handy zur Ablenkung. León greift grinsend danach und setzt sich in eine Ecke, den Rücken gegen die Wand, die Beine ausgestreckt.

Alle sitzen sie, nur Máximo nicht: Er steht, lehnt an der Tür seiner kleinen, ungesunden Wachkabine. Nie habe ich ihn in der Kabine gesehen. In der Arbeitszeit fegt er, die restliche Zeit zieht er sich in seine Wohnung im Erdgeschoss zurück.

Ich sehe den Mann, der immer den Mate brüht, aber heute gibt es keinen Mate.

Carla schickt sich an, die Sitzung zu eröffnen: Sie steht von ihrem Stuhl auf und räuspert sich. Carla ist lang, streng und scharf wie ein Militärdegen.

»Ihr alle wisst, warum wir hier sind«, sagt sie.

Alle? Ich gucke mich um, ob irgendjemand mich in meiner Ratlosigkeit begleitet. Niemand.

»Ich weiß es nicht«, sage ich.

»Nun ja«, sagt Carla, »Gegenstand der Versammlung ist ›Verschiedenes 7B‹. Das heißt, wir werden von deiner Wohnung sprechen.«

»Ah, okay. Weil da Verschiedenes stand, dachte ich, es handle sich um mehr.«

Keiner lacht. Zuweilen fühle ich mich zur Albernheit getrieben, gebe mich infantil, um gegen die Dunkelheit anzugehen. Da kommt etwas Dunkles, das spürt man in der Luft. In den immer strengeren Blicken. Erika und Tomás sitzen Hand in Hand an einem Ende des Halbkreises. Carla wendet sich an die beiden:

»Erika, magst du anfangen?«

Erika nickt. Sie sagt, dass sie seit mehreren Tagen sonderbare Dinge wahrgenommen habe, die von meiner Wohnung ausgingen.

»Sonderbare Dinge«, wiederhole ich. Oder frage ich. Was heißt das.

»Meine Liebe«, sagt Carla, die nun sitzt, »du darfst nicht unterbrechen.«

Ich will nicht unterbrechen, ich will alles zusammenschlagen.

»Pardon«, erwidere ich, »aber so ausgedrückt kann das ja alles und jedes meinen, von einer satanischen Sekte bis zum Organhandel.«

»Das ist nicht witzig«, sagt Erika. Ihr Mund verzieht sich zu einer Grimasse des Ekels, als habe sie jahrelang die Geste, sich gleich erbrechen zu wollen, geprobt.

»Ich behaupte nicht, dass es witzig ist, Erika, nur ungenau. Man kann nicht wolkige Sätze loslassen und eine konkrete Antwort erwarten.«

Es dürfte das erste Mal sein, dass ich sie mit ihrem Namen anspreche.

»… den Ausdruck *sonderbare Dinge* statt so vieler anderer zu wählen, damit kommst du nicht einfach so davon. Warum? Weil es uns anderen teuer zu stehen kommt.«

Einige der Nachbarn sehen mich verwundert an, zeigen sich ungeduldig oder zerstreut. Wenn ich wütend werde, verliere ich den Faden, rede um des Redens willen und verwirre die anderen mit dem, was ich sage. Aber das ist keine strategisch eingesetzte Verwirrung, sie hat keinerlei Nutzen. Reine nervöse Dämlichkeit.

»Bitte, lass sie weiterreden«, mischt sich Carla, die Herrin der Stimmen, ein.

Wie auch immer, Schuld daran, dass sie mich nicht verstehen, bin nicht nur ich. Niemand nimmt sich die Zeit, die es braucht, einen nicht fertig formulierten Gedanken zu verstehen, dabei gibt es Hinweise genug, dass, wer verstehen will, verstehen kann. Und diese Reaktion unterscheidet sich nicht groß von der Gleichgültigkeit.

»Wir wollen ja alle, dass das hier schnell zu Ende ist«, sagt Carla.

Oder von der Verachtung.

»Nicht wahr?«, unterstreicht sie mit Blick auf mich.

Ich wedle mit der Hand, macht doch, was ihr wollt, mir ist das egal. Ich schaue auf den Ausgang, überlege, ob ich mich davonmachen soll. Meine Mutter ist draußen unterwegs, sie kann jeden Augenblick zurück sein. Ich stelle mir vor, dass sie in den Saal platzt wie ein Blitz, der den Himmel zerreißt und die Nacht erleuchtet. Eine gute Gelegenheit, sie der Hausgemeinschaft vorzustellen. Innerhalb eines engen Werteschemas erzeugt eine Mutter Respekt, Mitgefühl, Empathie. Den Menschen tut es gut, sich dessen zu versichern, dass sie nicht allein sind in dieser Unternehmung – eine Mutter zu haben.

Nachdem sie so tief Luft geholt hat, als wolle sie in einen Sumpf tauchen, fährt Erika fort: Sie spricht von der toten Ratte, von der toten Taube und fügt hinzu, dass die Nachbarn unter ihr (es gelingt mir nicht, sie in dem Halbkreis zu orten, da ich sie nicht kenne) sich beklagt hätten, weil ich den Dreck von der Kehrschaufel auf deren Balkon schütte, ebenso wie auf ihre Terrasse. Sie erwähnt den Zwischenfall vom Donnerstag: Ich, eine erwachsene und vorgeblich vernünftige Person, sei über die Trennmauer gesprungen, in ihren Wohnbereich eingedrungen und habe sie durchs Fenster ausspioniert. Sie schüttelt den Kopf:

»Wir sind es nicht gewohnt, so zu leben.«

Allgemeines Gemurmel, einstimmige Unterstützung ihrer Zeugenaussage.

Wo ist meine Mutter?

»Hast du etwas zu sagen, meine Liebe?«, fragt Carla. Sie versucht, versöhnlich zu klingen, aber ihre Bosheit lässt es nicht zu.

»Alles gelogen«, sage ich. »Reiner Unsinn. Die Katze schleppt in ihrem Maul tote Tiere hin und her. Die Katze, nicht ich, wie lächerlich ist das denn! Am Donnerstag bin ich auf ihre Terrasse gesprungen, um die tote Taube wegzuschaffen, die von der Katze dort abgelegt worden war, nicht um Erika auszuspionieren …«

Keiner sagt etwas.

»Gestern lag die tote Taube dann wieder auf meiner Terrasse.« Ich blicke zu Erika, die etwas in ihr Handy tippt. »Wer hat sie wohl da hingeschafft, Erika?«

Sie bleibt unbewegt. Als spreche da eine Irre. Jetzt schaue ich zu Susan.

»Susan, kannst du ihnen das bitte erzählen?«

Susan ist verwirrt: »Was erzählen?«

»Dass du die Katze neulich abends in meiner Wohnung gesehen hast.«

»Ja, ja, ich hab sie gesehen.«

»Und León hat sie mit der toten Taube im Maul gesehen« – ich wende mich León zu, der in ein Handy-Spiel vertieft ist. Er bewegt die Daumen hektisch, als drücke er Insekten platt, »nicht wahr, León?«

León hebt die Augen nicht, also beharre ich: »Hey, León!«

Der Junge sieht mich an, kapiert nicht, warum ich ihn aus seiner Trance hole.

»Lasst uns nicht das Kind mit hineinziehen«, sagt Carla, die Recht spricht.

»Aber er hat es doch gesehen«, protestiere ich.

León ist schon wieder ganz bei seinem kleinen Bildschirm. Seine Mutter blickt zu Boden. Erika legt ihren Kopf auf die Schulter von Tomás, der rot und gequält aussieht.

»Nun gut«, sagt Carla, »nehmen wir mal an, es war die Katze.«

»Nehmen wir mal an?«, möchte ich schreien.

»Aber da gibt es noch ein kleines Problem.«

»Ah ja?« Ich stehe von meinem Stuhl auf, mir ist unerträglich heiß geworden. Ein Brennen in der Speiseröhre. Carla seufzt, sie blickt zu Máximo, der bisher stumm geblieben war, ohne seine Befriedigung verbergen zu können. Er hasst mich mehr als die Übrigen, denn er kann nicht akzeptieren, dass eine wie ich »über« jemandem wie ihm steht. Vor jedem der

Anwesenden kann Máximo sich wie ein Gollum beugen, aber sein Blut kocht, wenn er den Müll für eine Zugereiste mit indianischen Gesichtszügen und überlegenem Auftreten wegbringen muss.

Máximo holt Plastikhandschuhe aus der Hosentasche und zieht sie sich über. Er betritt seine Kabine und kommt in der Haltung eines Steinzeitmenschen, der aus seiner Höhle auftaucht, wieder heraus. In der Hand hält er einen schwarzen Sack, den er allen zeigt, bevor er den steifen Körper von Ágata herauszieht. Er hat sie an den Beinen gegriffen und hebt sie als unumstößlichen Beweis in die Höhe. León weint lauthals, Susan eilt zu ihm. Ich lasse mich auf den Stuhl fallen, höre fernes, schlecht unterscheidbares Gemurmel. Ein Rauschen hitziger Stimmen, die mich reizen und versengen. Ágatas Augen bewegen sich nicht, zwei trockene Steine.

17

Es ist Samstag und fast niemand im Park. Ein Wunder. Ich bin schon nahezu zwei Stunden hier, vermute ich: Ich habe das Handy nicht bei mir, kann nicht nachgucken. Vor einer Weile habe ich entdeckt, dass das Wandgemälde mit der Spinne gar keine Spinne darstellt, ihr fehlen zwei Beine. Vielleicht handelt es sich um eine versehrte Spinne. Das Insekt auf der Mauer hat jedenfalls sechs Beine, und sein Körper besteht aus ganz vielen Punkten ohne Umriss.

Ich habe mich hingesetzt, um den Mönchssittichen zuzuhören, und erinnere mich an León, der vor zwei Tagen hier um einen Baum rumgerannt ist: »Ich bin ein unsichtbarer Ninja-Krieger.« Ich war eingenickt. Dann wachte ich auf, schnappte nach Luft. Dasselbe war mir bei der Hausversammlung passiert, der Druck erstickte mich, all diese Augen, die sich erst auf Ágata und dann auf mich richteten, dann wieder auf Ágata und erneut auf mich, als erwarteten sie eine Verwandlung. Ich sprang vom Stuhl auf, sobald ich konnte, und verschwand auf die Straße, ohne den Urteilsspruch abzuwarten. Ich lief, bis ich wieder Luft bekam, und landete hier. Ich habe geweint, und eine Frau schenkte mir ein Päckchen Papiertaschentücher. »Alles in Ordnung?«, sagte sie. Ich nickte. Nach einer Weile stand ich auf und drehte ein paar Runden im Park, auf diesen Schlängelwegen aus grauen Steinplatten, die in der Sonne glänzen, wenn die Sonne denn scheint. Heute scheint die Sonne nicht, und sie sehen wie Grabplatten aus.

»'ne kleine Fluppe?«, hör ich hinter mir. Immer derselbe Mann. Ich verfluche ihn in Gedanken, dreh mich um, sage, ich habe keine. Er lächelt mich an: eine Zeile ockerfarbener Zähne, die in dunklem, entzündetem Zahnfleisch stecken. Seine Augen sind klein, ein verwaschenes Blau. Er kommt einen Schritt näher, ein ranziger Geruch. Er hebt seitwärts die Arme wie ein Falke, der seine Flügel ausbreitet; er macht Anstalten, auf mich niederzustoßen, eine Raubvogelbewegung, die mir Angst macht. Instinktiv werfe ich mich nach hinten, ich versuche mich umzudrehen und wegzulaufen, aber ich stolpere über die eigenen Füße und falle. Das Gesicht gegen den Boden, die Nase zerfetzt, das Blut schießt wie aus einem geöffneten Hahn. Der Typ geht weiter, lachend, schlendert ohne Ziel.

Ich stehe auf und verlasse hastig den Park. Ich steuere unser Gebäude an und sehe Susan kommen:

»Hab ich dich gefunden!«, ruft sie und trottet über die Straße. Im Näherkommen verzieht sie schmerzhaft das Gesicht: »Autsch. Was ist passiert?«

»Ich bin hingefallen.«

Susan nimmt mein Gesicht in ihre Hände, untersucht meine Nase und sagt, das ist nichts, ein paar kaputte Äderchen, deshalb fließt das Blut so stark.

»Von Zeit zu Zeit blutet meine Nase so.«

»Das wird violett oder grün oder beides.«

»Ich weiß.«

Sie nimmt mich beim Arm und geht mit mir. Sagt, dass sie mich in ihrer Wohnung versorgen kann.

Bei sich zu Hause holt sie die Hausapotheke, befeuchtet einen Wattebausch mit Jod und säubert mich. Dann kommen die Pflaster, die zarte Arbeit ihrer Krankenschwesterhände. Als sie fertig ist, schaut sie mich an: »Makellos.«

Ich frage sie, warum sie mich vorhin gesucht hat.

»Na ja, du bist ja rausgestürmt, und ich wollte hinterher, hab dich aber nicht erreicht. Wir sind dann raufgegangen, weil León wegen der Katze sehr verstört war, er hat einen Weinkrampf gehabt.« Sie schüttelt den Kopf, verscheucht ihr eigenes Weinen. »Man muss schon ein Dreckskerl sein, um ein Tierchen so vorzuzeigen, wie ein Stück unbrauchbares Fleisch.«

Als er sich halbwegs beruhigt hatte, habe León ihr gesagt, sie solle in diesem Park suchen. Es hatte eine Weile gedauert, bis sie ihn umrundet und mich gefunden hatte.

»Ah ja.«

Ich bin hungrig. Ich frage Susan, ob sie nicht vielleicht etwas zu essen dahat. Das Glas Milch und die Kokoskugeln sind alles, was ich im Magen habe; und dieses Brennen, das nicht verschwindet. Sie bringt mir einen Toast, einen Apfelsaft und ein Paracetamol:

»Ich wollte dir sagen, dass mir all das, was sie da unten über dich gesagt haben, egal ist, ich weiß, dass du ein anständiger Mensch bist.«

Ich antworte nicht. Weiß nicht einmal selbst, ob ich ein anständiger Mensch bin.

»Ich an deiner Stelle würde sie anzeigen«, fährt Susan fort.

Es ist erstaunlich, wie andere dich dazu ermuntern, Dinge zu tun, die sie selbst nicht im Traum tun würden. Susan würde nie jemanden anzeigen, sie hat ein Hasenherz. Ich hätte ihre Unterstützung gebraucht, als sie mich da unten fertigmachten, aber sie fand es interessanter, das Granitmosaik am Treppenaufgang zu betrachten. In normalen Situationen gut und solidarisch zu sein hat keinerlei Wert, Susan, das ist wie am helllichten Tag eine Taschenlampe anzuknipsen.

Ich schlinge den Toast hinunter und bitte um mehr Saft. Das Brennen klingt langsam ab.

Susan kommt mit dem vollen Glas zurück und reicht es mir: »Hast du einen Freund?«, fragt sie.

»Was?«

»Entschuldigung, das ist vielleicht eine *déformation professionelle*, aber du bist ganz schön blass, und dieser Appetit ist verdächtig.« Sie lacht schelmisch, was gar nicht zu meinem Gemütszustand passt.

»Häh?«

»Du bist doch wohl nicht schwanger?

Ich spüre einen Druck auf der Brust wie von eingezwängter Luft. Ich stehe auf, stelle den Saft auf den Tisch, sage ihr, ich sei sehr müde und wolle heim.

»Entschuldige, ich wollte nicht zudringlich sein.«

»Nein, kein Problem.«

Ich gehe hinaus auf den Flur und rufe den Aufzug.

In den Ohren setzt sich ein ständiges Rauschen fest. Es ist das Geräusch, das nach dem Knall eines Sprengkörpers bleibt. Oder nachdem etwas Riesiges vom Dach gefallen ist: Du siehst es nicht kommen, bis der Boden bebt und Risse entstehen.

Meine Mutter ist immer noch weg.

Ich hole den Laptop, setze mich auf den Diwan und öffne die Seite mit dem Stipendium. Bis Montag muss ich alles fertig haben. Ich lese in das hinein, was ich bisher geschrieben habe:

Die Mutter wohnt mit ihren zwei Töchtern in einem Haus, aber sie sehen einander nicht. Die Kommunikation läuft über ein Notizheft, das auf dem Küchentisch liegt. In den Notizen geht es fast immer um praktische Fragen: Essen, Einkäufe, Hausarbeiten, das unbarmherzige Klima. Das Klima an diesem Ort ist ständig unbarmherzig: Die Sonne brennt wie Feuer, und der Regen fällt bei verheerenden Unwettern, die Bäume umwerfen und das Meer zur Weißglut treiben. Das ältere Mädchen ist dafür zuständig, die Nachrichten an die Mutter zu schreiben. Wenn die Milch zu Ende geht, öffnet die Ältere das Heft, trägt das Datum ein und notiert: Milch kaufen. Oder: Wir brauchen neue Sandalen. Oder: Die Füchsin lässt uns nicht schlafen. Die Mutter streicht das, was sie erledigt hat, und dann und wann schreibt auch sie Notizen: Geht runter zum Strand, zieht aber Schuhe an, er ist voller spitzer rosa Korallen, wunderschön. Oder: Ich habe Mangos für euch gefunden, die sind reif und süß. Oder: Meint ihr wirklich, dass Hühnerbeine eklig sind? Das kleine Mädchen nimmt kaum daran teil, sie sucht lieber im Haus nach ihrer Mutter, findet sie jedoch nie. Sie folgt ihren Schritten, die leise sind, aber eine schwarze geschmolzene Fährte hinterlassen, wo sie entlanggeht. Der Boden des Hauses ist voll von diesen Spuren, die kreisförmige Labyrinthe zeichnen. Manchmal hört sie auch ihre Stimme, die dem Hausmeister Anweisungen gibt, dann rennt sie dahin, wo sie die Mutter vermutet, kommt aber zu spät. Obwohl sie noch nicht gut schreiben kann, hinterlässt auch sie ihr Nachrichten in dem Heft. Sie trägt das Datum ein: Heute. Und schreibt dann: Wo bist du? Am nächsten Tag findet sie die Antwort: Ha! Was für eine verrückte Frage. Hier bin ich, Kindchen, siehst du mich nicht?

Ich denke: Ich habe etwas zu sagen, weiß aber nicht, wie ich es sagen soll.

Ich denke: Geht es meiner Mutter etwa genauso?

Ich denke: In diesem Roman gibt es zu viele Tiere.

Ich klappe den Laptop zu, ich bin müde. Ich möchte schlafen und woanders aufstehen. Ich möchte schlafen und in einem anderen Körper aufstehen. Ich gehe ins Bad, suche die Flasche mit Passiflora und trinke, was noch übrig ist.

Und wenn ich auf alles verzichte? Was ist alles? Axel, die Arbeit, das Stipendium, meine Schwester, Marah. O Gott, Marah. Der Gedanke, sie heute zu sehen, macht mich schwach. Ich stelle mir vor, wie ich ihr absage: »Mir ist nicht so gut, lass uns umdisponieren.« Sie antwortet sofort: »Alles hat seine Grenzen.« Ich darauf: »Wenn alles Alles ist, kann es keine Grenzen haben, das ist widersinnig.« Sie schickt mir ein Gif mit *fuck you*.

Ich kann sie nicht abwimmeln, kann nicht alle Schiffe verbrennen.

Mir fallen die Augen zu, ich lasse die Jalousie herunter.

Ich rufe in der Apotheke an und bestelle einen Schwangerschaftstest.

Gegen sechs wache ich auf und rufe Eloy an.

»Ich wollte dich gerade bei Missing Children melden«, sagt er.

»Ich hatte schrecklichen Ärger bei uns in der Hausgemeinschaft.«

»Was für einen Ärger?«

»Egal, die Nachbarn sind Scheiße.«

»Wie alle.«

»Was weiß ich.«

»Schmeißen sie dich raus?«

»Schmeißt du mich raus?«

Er lacht. Ich höre Eiswürfel in einem Glas, danach einen langen Seufzer.

»Heute nicht.«

Eloy erzählt, dass die Werbekampagne mit der Kuh nicht angenommen wurde. Besser gesagt, sie wurde abgesagt. Angenommen war sie bereits; der Kunde hatte sogar einen Vorschuss gezahlt, um die ersten Muster zu produzieren. Und jetzt – alles in die Tonne.

»Aber nein, dein Text war nicht schuld daran.« Das sagt er in einem Ton, der mir zu verstehen gibt, schon allein mich schuldig zu fühlen bedeutet, mich allzu wichtig zu nehmen.

Sie sind nicht einmal so weit gekommen, meinen Text zu lesen.

Ihm hat er gefallen, ein wenig metaphysisch vielleicht, aber ein guter Text, doch das ist jetzt ja nicht mehr wichtig. Metaphysisch? Wovon sprichst du, *Horacio?* Die Kampagne ist abgeblasen, wiederholt er.

»Aber warum denn?«, frage ich.

Er sagt, dass sie eine gewisse Genehmigung noch nicht bekommen haben, die man brauche, um eine neue Marke zu lancieren. Dem Kunden zufolge haben die Schlachthöfe Lobbyarbeit gegen ihn gemacht und »wer weiß was noch für einen Scheiß«. Eloy glaubt dem Kunden aber nicht. Er meint, er ist zu einer anderen Agentur übergewechselt, man wird es schon noch erfahren.

»Aha.«

»Es ging um viel Geld«. Ich höre ihn schlucken.

»Tut mir leid«, sage ich.

»Ist schon gut.«

Wo Eloys Sohn wohl ist?

a) Bei der Mutter und ihrem Freund, einem gutwilligen Typen, der keine Ahnung hat, wie man mit einem Kind spricht.
b) Im Kino mit der Familie seines besten Freundes: Jetzt findet er sie ganz reizend, aber in ein paar Jahren wird er sie hassen, weil sie all das haben, was ihm fehlt (das wird er nicht so sagen, klar, er wird sagen: »Ihre Scheinheiligkeit kotzt mich an.«).
c) In ein Zimmer verkrochen, bei der Playstation. Wütend auf die Welt, aber in Sicherheit.

»Sehen wir uns am Montag?«, frage ich Eloy.

»Weißt du, dass es Orte gibt, wo man die Schweine masturbiert, bevor man sie tötet?«

»Ach ja?«

»Die machen das, damit die Tiere den Stress loswerden, damit sie entspannt sind, wenn sie sterben.«

»Hast du dem Kunden diese Methode für seine Kühe nahegelegt?«

»Nein, könnte ich aber, ich meine, wenn denn der gewaltsame, schmerzhafte Tod das ist, was ihm Sorgen bereitet … Aber wer weiß schon, wie man eine Kuh masturbiert.«

»Bei den Schweinen hingegen bist du Fachmann.«

Diesmal lacht er dröhnend. Er ist betrunken. Ich frage mich, ob ich auflegen oder ihm zuhören soll. Nicht wegen meines Jobs, sondern aus Barmherzigkeit.

»Früher machte sich keiner darüber Gedanken, wie die Tiere starben. Ist doch so. Jetzt ist man davon besessen, dass sie nicht leiden sollen, aber das verträgt sich nicht mit der Tatsache, dass man sie, wenn sie erstmal tot sind, dennoch frisst. Findest du nicht?«

Eloy muss reden. Das Thema ist sekundär, auch der Gedankenaustausch. Er will nur gehört werden und Antworten bekommen, die seine Behauptungen stützen.

Ich sage zu ihm: »Ein Veganer ist geboren.«

Reden ist für manche eine Art, Unglück zu lindern.

»Ich bin kein großer Tierfan«, sagt er. Es gibt Leute, die stricken, Eloy redet. »Aber die Menschen mag ich auch nicht besonders.«

Ich antworte nicht. Die Siesta hat mich umgehauen. Sie war lang und ungewohnt. Ich hatte seltsame Träume.

»Bist du noch da?«, fragt Eloy.

»Ja, doch, ich bin nur müde.«

Wieder höre ich die Eiswürfel im Glas.

Ich habe von meinem Vater geträumt, weiß aber nicht was. Von meinem Vater kenne ich nur das Foto, das meine Schwester in ihrem Schrank hat. Ein sorgfältig gekämmter Mann, eine Brille mit dickem Gestell, ein kariertes Hemd. Seine Augen groß und schwarz, sein Ausdruck: glücklich. Ein glücklicher Mann. Als generisches Porträt wie geschaffen für einen Wechselrahmen in der Apotheke. »Das sagst du, weil du ihn nicht gekannt hast«, erwiderte meine Schwester, als ich meinte, er habe ein nichtssagendes Gesicht. Sie hat ihn gekannt, ihre ersten fünf Jahre lang. Für mich reicht das aber nicht. Reicht nicht für was? Um sich dazugehörig zu fühlen. Und was, wenn es doch reicht?

»Na gut«, sagt Eloy »danke für dein Ohr.«

»Aber bitte.«

»Ruh dich aus, Spätzchen.«

Wir legen auf.

Ich werde mich nie zugehörig fühlen, egal wie weit ich den Faden der Verwandtschaft und der Erinnerung spanne, um den Sinn, den Ursprung, den Samen der Zugehörigkeit zu finden. Es sei denn, der Sinn für Zugehörigkeit liegt nicht wie ein Fossil irgendwo in der Vergangenheit begraben. Ich denke, wenn schon die Gegenwart mit Vergangenheit vollgestopft ist, diese bereits enthält und sich nicht von ihr ablösen kann – weil Ablösen hieße, sich selbst aufzulösen –, ist es auch sinnlos, sie hier und heute zu suchen. Vergangenheit und Gegenwart sind Verstecke, ich kenne sie bereits, auch wenn ich sie noch nicht ganz verstanden habe, auch wenn ich mich noch so sehr bemühe, sie zu verstehen, als wäre Verstehen alles. Verstehen ist ehrgeizig, vielleicht würde es genügen, sie auseinanderzuhalten. Was war früher, was ist jetzt, wo beginnt und wo endet alles? Ich habe nicht die nötige Geduld, eine Sequenz zu ordnen. Die Folge der Szenen gerät in meinem Kopf durcheinander, und ich finde einfach nicht, was ich suche.

Ich verwerfe die Vergangenheit und verwerfe die Gegenwart. Ich müsste woanders suchen.

Wo habe ich noch nicht gesucht?

Während ich auf Axel warte, setze ich mich auf den Diwan. Ich warte auch auf meine Mutter. Oder glaube das zumindest. Auf Marah warte ich ebenfalls, dabei kommt sie vielleicht gar nicht. Vielleicht kommt auch Axel nicht. Ich habe ihm eine Nachricht geschrieben, dass ich ihn sprechen wolle, und er schrieb zurück: »Ich komm später vorbei.« Ungenau und abschreckend. Ich habe ihm das Emoji eines Wals und dann das eines Revolvers geschickt. Er hat mir ein Tränen lachendes Gesicht und ein Herz mit einem Pfeil geschickt. Das hat mich erleichtert. Und diese Erleichterung führte zu dem Gedanken, dass es wohl nicht besonders schlau ist, mein Vertrauen in pubertäre Icons zu setzen.

Es sieht nach Regen aus.

Vielleicht kommt gar keiner, und ich warte immer und ewig.

Mich überfällt ein noch extremerer Verdacht: Ich

denke, dass ich mich nie von diesem Platz bewegt habe. Hier bin ich seit Jahrhunderten eingepflanzt. Ich bin das Keimende und das Verlöschen. Dazwischen nichts.

Ich gehe in die Küche. Im Speiseschrank überlebt ein geöffnetes Päckchen Nachos. Im Kühlschrank gibt es Wasser und feuchte Fladen auf einem Teller; ein Glas Oliven in Lake ohne Oliven. Meine welken Reserven. Ich öffne die Schublade mit dem Notizheft. Da steht nicht viel drin. Ein paar Haushaltshinweise, die ich mir selbst gebe, und eine alte Nachricht von Marah, als sie mal zum Schlafen dageblieben war und wieder weg ist, bevor ich aufwachte: »Kauf was zu essen!« Ich suche eine freie Seite und notiere: »Wo bist du?«

Im Wohnzimmer brennt kein Licht, alles Schatten.

Ich gehe hinaus auf die Terrasse. Drücke mit den Fingern auf die Augen, bis ich weiße Flecken sehe, die wie Tropfen auf dem schwarzen Untergrund erscheinen und sich ausdehnen, bis sie ihn verschluckt haben. Ich habe die Wunschvorstellung, dass ich, sobald ich die Hände entferne und die Augen öffne, feststelle, dass die Welt zu ihrer rudimentären Form von vor acht Tagen zurückgekehrt ist. Als die Würmer in meinem Kopf noch aktiv waren, fruchtbar, unter Kontrolle. Jetzt gerade sind sie ruhig. Schlafen. Sind vielleicht zerstört. Macht nichts. Es gibt Würmer, die kaputtgehen, während ihre Segmente überleben.

Ich habe einen Plan: Ich mache den Test, wenn jemand kommt. Der Erste, der ankommt, wird Zeuge sein, wie dieser Gegenstand aus Plastik, der wie ein recht gewöhnliches Thermometer aussieht, sich in einen Beweis der Zukunft verwandelt. Oder auch nicht.

Zuvor habe ich mich geduscht, das Haar getrocknet, in den Spiegel geguckt und festgestellt, dass die Beule noch da ist – zwischen Nase und linker Wange, noch geschwollener und jetzt dunkel angelaufen. Ich zog eine Hose mit Gummizug und ohne Reißverschluss an, was mir erlauben würde, die Geschichte schneller hinter mich zu bringen. Und ich zog mir das Sweatshirt mit *Rabid Fox* an.

Immer noch fallen die trockenen Blätter von der Platane. Ágata konnte das Geräusch hören, das sie erzeugten, wenn sie auf den Gehsteig fielen. Ein ganz zartes Krack, da stellte sie die Ohren auf und öffnete sehr weit die Augen. Ihre Sinne schärften sich angesichts des Unvermeidlichen.

Die Wohnung des Pärchens mit dem Baby ist immer noch erleuchtet und leer, als verlöre sie nicht die Hoffnung.

Ich suche die nicht fassbare Verbindung zwischen meiner Mutter und meinem Kind, wenn es denn wahr ist, dass in mir etwas pocht: ein winziges Herz, das da wie ein Dumpling herumschwimmt.

Ich gehe zurück zum Diwan, lege mich hin, nehme die Schachtel mit dem Test in die Faust und schließe die Augen. Um mich abzulenken, denke ich an Filme. Alle, an die ich mich erinnern kann, handeln von ein und demselben: vom Verlust. Und vom Warten. Ich denke an ET, verlassen von seinem Raumschiff, also von seiner Mutter, auf einem feindseligen Planeten, in einem Haus ohne Vater und ohne Maßstäbe, um sich gesund zu ernähren oder richtig zu kleiden. Ich denke an Giovanni Sermonti, an Molly Jensen, an Antoine Doinel, an Maggie Fitzgerald, an Arthur Fleck, an Ally Campana, an Maléfica. Alle haben etwas verloren, alle warten darauf, dass jemand sie heilt oder dass ihre Teile überleben.

Ich stelle mir vor, dass meine Mutter hereinkommt und zu mir sagt: Du bist dabei, für jemanden ein Heim zu werden. Ich sage: Was hast du mit Ágata gemacht? Keine Antwort.

Ich stelle mir vor, Marah kommt herein und sagt: Umgekehrt wird ein Schuh daraus. Umgekehrt? Zu dem, was deine Mutter gesagt hat. Marah sagt: Jemand ist dabei, ein Heim für dich zu werden. Ich frage sie: Wie viele Pesos sind fünfhundert Pfund?

Ich stelle mir vor, meine Schwester kommt herein: Glückwunsch – sagt sie –, nur was Früchte trägt, verfault.

Es läutet. Ich gehe an die Gegensprechanlage.

Ich überschlage schnell: Es würde im Sommer geboren, gerade zu Beginn der Hitze. Ich mag den Sommer. Das Leben explodiert in Grüntönen.